CATALOGUE

D'ESTAMPES

COLLIGÉES

PAR M. R. D. *Robert Dumesnil*

Vente 19 & 20 Novembre.

M⁻ **VAUTIER**, Commissaire-Priseur

M. **VIGNÈRES**, Marchand d'Estampes

1858

19ᵉ

le

PORTRAITS EN BISTRE.

lection de Portraits inédits ou rares de Personnages célèbres

REPRODUITS NOUVELLEMENT PAR LA GRAVURE.

Publiés par VIGNÈRES, marchand d'Estampes,

Rue de la Monnaie, n. 13, à l'Entresol, entrée rue Baillet, n. 1.

———◆◆◆———

GAUDIN, duc de Gaëte, ministre des finances,   J. Porreau.
GENLIS (A. Brulard, comte de), cap. des gardes, convent.,   id.
GEOFFROY (J.-L.), critique, journaliste,   id.
GODOÏ (don Manuel), prince de la Paix,   Varin.
GOUFFÉ (Armand), chansonnier, vaudevilliste,   J. Porreau.
JOUFFROY (Théodore-Simon), professeur, académicien,   id.
JOUSSELIN DE LABALLE, homme de lettres,   id.
KANT (Emmanuel), philosophe allemand,   Bracquemond.
LAINÉ (J.-H., vicomte), ministre et académicien,   J. Porreau.
LAMBALLE (princesse de), dess. d'ap. nature par Gabriel,   id.
LASOURCE (M.-David-Albin de), député du Tarn,   id.
MARAT, à la tribune, dess. d'après nature par Gabriel,   id.
MARTIN (Louis-Aimé), littérateur,   id.
MAZÈRES (Edouard), auteur dramatique, in-8 et in-4,   id.
MESMER, auteur du magnétisme animal,   id.
MEZERAI, actrice, Théâtre-Français,   Normand.
ORLÉANS, duc de Montpensier (Ant.-Philippe d'), 1775-1807. J. Porreau.
PERSUIS (L. Loiseau de), musicien, d'ap. Pierre Guérin,   id.
PETIET (Claude), député, ministre de la guerre,   id.
PHILIDOR (André-Danican), musicien, auteur du jeu d'échecs,   id.
PIXÉRÉCOURT (Guilbert de), fac-simile, d'après J. Boilly, in-4,   id.
PONGERVILLE (Sanson de), académicien,   id.
RAMEL NOGARET, ministre des finances, préfet,   id.
REVEILLÈRE-LEPAUX, botaniste, théophilanthrope,   id.
ROBERT LINDET, député, conventionnel, ministre,   id.
ROMME (Gilbert), conventionnel,   id.
ROUGET DE L'ISLE, auteur de la *Marseillaise*, musicien,   Varin.
SAINT-HURUGE (marquis de),   J. Porreau.
SAINT-PRIX, acteur, Comédie Française,   id.
SAINT-SIMON (Claude H., comte de), philosophe,   Perrot.
SILVAIN MARÉCHAL, poète et littérateur,   Devritz.
TALLIEN (Mme), née Cabarus, d'après le baron Gérard,   Massard.
TREILHARD (J.-B., comte), député, ministre, etc.,   J. Porreau.
VADIER (A.), député aux États Généraux,   id.
VATOUT (J.), poète, académicien, bibliothécaire,   Varin.
VIGÉE (L.-G.-B.-E.), poète et auteur dramatique,   J. Porreau.
CARTOUCHE (Louis-Dominique), fameux voleur,   Lallemand.
MANDRIN (Louis), fameux contrebandier,   Delaistre.

Chaque portrait pouvant entrer dans un in-8 est tiré in-4.
Avec la lettre, papier blanc, 1 fr.; papier de Chine, 1 fr. 25 c.
Avant la lettre, papier blanc, 1 fr. 50 c.; papier de Chine, 2 fr.
Dont il n'est tiré que 20 épr. blanc et 5 Chine.

———

Afin de faciliter les recherches des amateurs de portraits, soit pour
les illustrations, soit pour les collections d'autographes ou autres, *un
Catalogue détaillé* de quelques collections de portraits qui peuvent se
trouver chez moi, classés par ordre alphabétique, sera remis aux personnes qui en feront la demande affranchie.

RENOU et MAULDE, imprimeurs de la Compagnie des Commissaires-Priseurs,
rue de Rivoli, 144.

CATALOGUE

D'ESTAMPES

ANCIENNES

DES TROIS ÉCOLES

PROVENANT

Du Cabinet de M. R. D.

DONT LA VENTE AURA LIEU

HOTEL DES COMMISSAIRES - PRISEURS

Rue Drouot, n° 5

SALLE N° 3, AU 1er

Les Vendredi 19 et Samedi 20 Novembre 1858, à 1 heure

Par le ministère de Me **VAUTIER**, Commissaire-Priseur,
rue de Provence, 78,

Assisté de M. **VIGNÈRES**, Marchand d'Estampes
rue de la Monnaie, 13, à l'entresol, entrée rue Baillet, 1
CHEZ LEQUEL SE DISTRIBUE LE CATALOGUE.

EXPOSITION PUBLIQUE

Chaque jour de vente, de midi à une heure.

PARIS

RENOU ET MAULDE

IMPRIMEURS DE LA COMPAGNIE DES COMMISSAIRES-PRISEURS
Rue de Rivoli, 144

1858

CONDITIONS DE LA VENTE

L'ordre du Catalogue sera suivi.

On commencera à une heure précise.

La vente se fera au comptant.

Cinq pour cent en plus des enchères, applicables aux frais.

M. VIGNÈRES faisant la vente, se charge des commissions.

DÉSIGNATION

DES ESTAMPES

ANDROUET DU CERCEAU (JACQUES).

Vignere — 1 —. *Le Serpent d'airain.* Moïse, debout à droite et environné de victimes de la contagion, indique aux survivants, de la main droite élevée, le remède enseigné par le Très-Haut, et qui se voit sur une croix érigée au milieu, et au sommet de laquelle brille une fleur-de-lis. Morceau anonyme ainsi que les trois qui suivent.   *20 — ..*

id. 2 — *La Charité.* Assise sur une pierre, au milieu de l'estampe, sur laquelle elle s'appuie de la main gauche, elle tient sur elle un enfant qui l'embrasse, ce qui est le sujet de l'envie de quatre autres enfants qui l'entourent. Deux autres enfants sont assis au bas, à droite. Composition dans le goût de Jean Cousin.   *40 — ..*

id. 3 — *La Naissance d'Adonis.* Composition dans le goût du même maître, ce que caractérise parfaitement le costume des femmes peuplant le premier plan, et qu'on retrouve dans *le Serpent d'airain* reproduit par Etienne Delaune.   *38 — .,*

98 — ..

4 — *La Danse en rond de six femmes*, animée par trois satyres, jouant de la flûte de Pan, assis à droite. A la gauche du bas, gisent un arc, un carquois, une amphore et une cuvette. Le fond présente un paysage baigné par une rivière et peuplé d'arbres, parmi lesquels on remarque un gros palmier. — 30

ANONYMES.

§ 1. Ancien et Nouveau Testament.

5 — 1. *Le Frappement du rocher.* Morceau cintré du haut. — 2. Jésus-Christ pleuré par sa sainte Mère, saint Jean et la Madeleine. — 3. L'ensevelissement de Notre-Seigneur, composition de cinq figures. — 4. Le corps mort du Christ. A ses pieds brille une torche éclairant le sujet et où l'on remarque un petit ange. Les initiales MM. P. F. se voient à la gauche du bas, comme l'indique Brulliot, II, 2028. — 2

§ II. Vierges.

SAINTES FAMILLES ET LES SAINTS ENFANTS.

6 — 1. La sainte Vierge soignant l'Enfant Jésus assis en face d'elle sur une console riche. Morceau qui n'a point été fini. — 2. La sainte Vierge assise de face vient de cesser de lire dans un livre qu'elle tient de la main gauche élevée. On voit entre ses jambes son divin Fils tenant une colombe que lui offre le jeune saint Jean prosterné à son côté. A la gauche du bas, on voit le millésime 1660, dont le dernier 6 est retourné. — 3. La sainte Vierge, prosternée sur — 7

137

les nuages, tient l'Enfant Jésus debout à son
côté, et semble l'offrir aux regards de la terre
vers laquelle elle porte la vue. Morceau traité
dans le goût de Rémi Vuibert.—4. Repos de la
Sainte Famille. La Vierge, assise au milieu, tient
dans ses bras l'Enfant Jésus nu, étendant ses
bras en croix en regardant le ciel, Saint Joseph
est assis à droite, à l'ombre de trois gros
arbres, prenant plaisir à ce qui se passe sous
ses yeux. On lit dans la marge : IESVS MARIA
IOSEF AIES MISERICORDE DE NOVS. *Andrea Sarte*.
Morceau dans le goût de Fr. Chauveau. —
5. Sainte Famille, vue de l'extérieur d'un bâtiment construit en pierres de taille où l'on
voit la Sainte Famille. La Vierge, assise au
fond, porte sur son giron son divin Fils, qu'elle
offre au jeune saint Jean que sainte Élisabeth,
prosternée à ses pieds, lui présente. Saint
Joseph est assis à la droite du bas. Morceau
dans le goût de Louis Ferdinand. — 6. Autre
composition du même sujet, et dans le goût
de la pièce qui précède. Ici saint Joseph est
assis à gauche, et la Sainte Vierge est assise
par terre du côté opposé. Elle élève dans ses
bras son divin Fils qui cherche à se précipiter
dans ceux du jeune saint Jean que sainte Elisabeth, vue debout au fond, tient avec la
petite croix et sa banderole.— 7. Les saints Enfants. Ils sont assis et jouent avec l'agneau de
saint Jean. Le fond est ombré de tailles croisées.
Goût de l'École flamande.

Depôt 187 - 4

Guichardet

§ III. Saint, Saintes et Sujets de Sainteté.

7 — 1. Martyre de sain.ᵗ Laurent. — 2. Saint Sébas- — 4 ,
tien blessé d'une flèche et attaché à un gros
arbre, au pied duquel il est assis et s'appuie.
A ses pieds sont les pièces de son armure. Au
bas, on lit au milieu : GL. IN, et à gauche :
MOI *fe.* — 3. Saint François d'Assise représenté à genoux, vu de profil en tenant dans
ses bras l'Enfant Jésus qui le caresse. La Sainte
Vierge, assise sur les nuages, et environnée
d'une gloire d'anges et de chérubins, sourit à
cette aimable scène. Le millésime 1640 se voit
à la gauche du bas. — 4. Saint Bruno agenouillé sur les nuages, contemple avec amour,
les bras étendus, l'arbre de la Croix, qui s'é-
lève en face de lui à droite, environné de plusieurs chérubins. Deux petits anges, l'un debout, l'autre agenouillé en tenant son chape-
let, se remarquent à la droite du bas au-delà
d'un gros livre et d'une tête de mort. Morceau à
l'eau-forte et non fini : H. 588mm. L. 290 mm.
— 5. Sainte Madeleine dans le désert, visitée
par deux anges; d'autres anges animent les
nuages. *Manque de conservation.* — 6. Un saint,
éclairé d'un rayon céleste, se voit en adoration
devant un crucifix. — 7. Cénobite en prières
et méditant sur une tête de mort, agenouillé
qu'il est en avant d'un monticule couronné
d'arbres. Son compagnon, vu derrière lui,
l'imite. — 8. Une religieuse du Mexique debout
au milieu de l'estampe. Son monastère s'aper-

141 - 4

coit en partie au fond. A la droite du bas est
un monogramme formé des lettres B et C. On
lit dans sa marge : REDOZO DE NVXICA.

§ IV. Sujets de la Mythologie.

8 — 1. Vénus désarmant l'Amour. — 2. Vénus sommeillant à l'ombre d'une draperie tendue à
deux arbres, et que relève un satyre qui contemple ses attraits. L'Amour imite sa mère en
sommeillant au fond. — 3. Silène, ivre, est
couché au milieu du sujet, entouré de quatre
de ses suivants qui semblent le tourmenter. —
4. Les deux Faunes. — 5. Vertumne et Pomone
s'entretiennent de doux propos d'amour, en
présence du petit Dieu qui lance un de ses
traits. Belle eau-forte flamande, qui a souffert.

§ V. Sujets historiques et de fantaisie.

9 — 1. Didon recevant Enée à sa cour. — 2. La Charité romaine. — 3. Cléopâtre, prosternée au
pied du trône de Marc-Antoine, lui offre ses
tributs. *Belle et grande pièce*, goût de l'École
vénitienne. Epreuve avant les mots : *Petri de
Nobilibus Formis.* — 4. Allégorie en l'honneur
de la famille Barberini. — 5. Le dieu Mercure
tenant son caducée, d'après l'antique. — 6. Re-
présentation d'un fragment de bas-relief antique. — 7. Personnage assis sur une chaise cu-
rule. — 8. Enfant nu sommeillant et couché à
l'ombre dans la campagne. — 9-14. Les cinq
Sens de nature. Suite de six pièces, y compris le
titre portant son titre dans sa marge, et con-

tenant en haut, dans une banderole, cette dédicace : *A Monsieur Blassetz, p. s. t. h.* Les
initiales du maître, I. B., se voient sur la terrasse, à gauche. — 15. Caricature française
où deux diables enlèvent l'un un tambour en
l'air, et l'autre emportant sur ses épaules
le tambourin qu'un soldat révolutionnaire
cherche à défendre.

§ VI. Sujet de genre

DANS LE GOUT DE L'ÉCOLE FLAMANDE.

10 — Une Fête de famille. Elle a lieu dans une salle
basse où, à gauche, est une table servie, autour de laquelle sont rangés les convives qui,
à ce moment, chantent et jouent de divers
instruments; le chef de famille se découvre et
paraît porter une santé en élevant son verre.
Sur le fond d'un tonneau, debout à droite, on
remarque deux lettres imparfaites, dont nous
ne pouvons donner la signification. Morceau
ovale en hauteur. H. 110 mm. L. 85 mm.

§ VII. Paysages.

11 — 1. Vue des jardins de Salluste et des substructions des bâtiments qui les accompagnaient.
Ils occupent le fond du sujet. Au bas, se voit
la VIA SALARIA, parcourue par un seigneur et sa
dame, dirigés à droite où paraît un ânier
chassant son animal devant lui. Les initiales
L. P. se voient sur une pierre; elles sont citées
par Brulliot, II, 1903. L'épreuve est en mauvais

état. Il paraît qu'elle n'a jamais porté l'adresse de *Camoci*. — 2. Vue de substructions romaines parcourues par un coche poursuivi par des brigands qui livrent combat aux gens de l'escorte. — 3. Paysage dans le goût du Guaspre.— 4. Paysage dans le goût de *Forest*, site mamelonné, parcouru par des eaux limpides, planté de beaux arbres et animé d'un groupe de quatre figures de femmes assises, dont une est couronnée de fleurs qu'on remarque à la droite du bas. — 5. Site d'Italie enrichi d'une ville, et traité dans le goût des Carraches. Un bouquet de trois arbres se remarque à la droite du bas.

BARRAS (Sébastien).

12 — Marine. (R. D. 33.)

BARRIÈRE (Dominique).

13 — Bataille près de Bommel en Flandre (R. D. 176).

BARTSCH (Adam).

14 — Quatre de ses précieux fac-simile.

BELLA (Stefano della).

14 bis — Thèse de Fr. Solanus, non décrite par Jombert. Rare.

15 — Jacob quittant sa patrie pour voir son fils Joseph (108). Sup. ép. avec *cum privil. regis*, dans la marge.— 2e ép. *cum privil. regis*, sur le terrain, sous les jambes du mouton qui coure à droite, et avec l'adresse de Mme Vincent, 2 p.

16 — Jeu des Fables (116) complet. 52 pièces et titre. Superbe suite avant les lettres alphabétiques en bas, et avec les cœurs et carreaux blancs.

17 — Jeu des Fables. 44 p. avec les lettres alphabétiques et les cœurs et carreaux ombrés.

18 — Jeu des Fables, doubles. 26 p. et 15 p. avec le texte coupé. En tout 41 p.

19 — Jeu de la Géographie (117) complet. 52 p. et titre avant les marques de cartes à jouer.

20 — Jeu de la Géographie. 50 pièces avant les marques des cartes à jouer.

21 — Jeu de la Géographie. 52 p., manque le titre. Ép. avec les lettres et marques de cartes à jouer.

22 — Jeu de la Géographie. 48 p. dont 9 doubles.

23 — Jeu des Reines renommées (118). 51 p. et 8 p. doubles avant les marques de cartes à jouer. En tout 59 p.

24 — Jeu des Rois de France (119). Manque le titre. 30 p. avant les lettres alphabétiques en bas.

25 — Jeu des Rois de France. 38 p. avec les lettres alphabétiques au bas.

26 — Jeu des Rois de France. 33 p. avec les lettres.

27 — Les quatre Éléments (136). Avec l'adresse de Langlois.

28 — La même suite.

29 — Frises d'ornements. 138-15. Autres. 166-1-2-3 p.

30 — La Mort entraînant un vieillard dans la tombe. 137-5.

31 — *Il Mercurio di D. Vittorio siri tomo III*, in-4, *In Lione, 1652*. 2 ép. d'une pièce rare. Pourront être divisées.

32 — Le Carrousel du duc de Modène pour le mariage du prince d'Est avec Laure *Martinozzi, 185.*, 1. 4. 5. 14. 15. 16. — 6 p.

33 — Descrizion delle Feste fatte in Firenze per la canonizzazione di sto Andrea Corsini. Ep. avant les armes, 22. — Marine. 31. 7. — Titre, Agréable diversité, 84-1. — Cavaliers, 86-9. 16. — Conduite des troupes, 92-5. — Marines, 93. 5 p. — Embarquement, 94-1. 7. — Griffonnements, 121-14. 15. — 122-19. 22. 23. — 123-10. — Pièces servant pour l'art de la portraicture, 130. 5 p. — Diversi Animali, 140. 4 p. — Livre pour apprendre à dessiner, 146. 12 p. — Têtes, 168. 2 p. — Dame debout, 169-9. — — Vue du port de Libourne, 184-1. — Griffonis gravés, par le comte de Caylus, 229. — Samson tuant les Philistins, pièce dans le goût du maître. — Copies. 6 p. et quelques doubles. En tout, 58 pages. Pourront être divisées.

BÉTOU (ALEXANDRE).

34 — Saint Grégoire le Grand (R. D. Appendice).

BLANCHARD le jeune (JACQUES).

Petit-fils, neveu ou petit-neveu du célèbre Jacques Blanchard, dont il est parlé t. 8, p. 193, du Peintre-Graveur français, florissait à Paris, où il cessa de vivre vers la fin du XVIIe siècle.

On ne connaît de lui que le morceau ci-après où l'on voit la Sainte Vierge à mi-corps dans les nuages, tenant dans ses bras l'Enfant Jésus qui, comme sa sainte Mère, regarde le spectateur. Le fond du haut est rempli de rayons lumineux éclairant la composition principale aussi bien que les nuages où se voient deux couples de chérubins. Morceau d'un très-agréable effet. On lit dans la marge :

MARIA MATER DEI, REGINA COELI.
Jacques Blanchard in. Audran exud.
Cum privilegio Regis.
H. 266 mm., dont 25 de marge. L. 167 mm.

On connaît deux états de cette planche :

I. Avant la lettre. La plupart des épreuves de cet état portent ces mots écrits à la plume ; au bas à droite : *Cum privil.*, et dans la marge à gauche : *J. Blanchard in Philipon ex.*

II. C'est celui que nous venons de décrire.

35 — Nous offrons ici :

Une épreuve du 1er état de l'estampe ci-dessus décrite et deux épreuves, l'une en noir, l'autre en rouge, de l'estampe, d'après le célèbre Jacques Blanchard, qui représente saint Joseph offrant de la bouillie à l'Enfant Jésus, debout sur une table, et semblant se réfugier dans les bras de sa mère.

36 — Nous présentons aussi :

Une épreuve à toutes marges du 1er état de la pièce ci-dessus décrite, et une épreuve avec une jolie marge de l'estampe, d'après le célèbre Jacques Blanchard de la Sainte Famille à la Bouillie, ci-dessus indiquée.

BLOEMEN (François Van), dit Horisonti.

37 — Trois paysages de ce maître, touchés spirituelle-
ment à l'eau-forte. Ils représentent, les deux
plus grands, deux paysages enrichis de su-
perbes fabriques, et l'autre, des substructions
de constructions antiques. Ils ont été colligés
par le possesseur actuel à cause des indications qu'ils contiennent et que voici : N° 10 ou
11, p. (effacé), n° 11, p. 4. | N° 11, p. 4; in-
dications qui peuvent se référer à leurs ana-
logues qu'on trouve sur certaines épreuves de
Claude le Lorrain, et qui ont été relevées en
partie dans le Catalogue de l'œuvre gravée du
Peintre-Graveur français.

BONNEIONNE (E.)

38 — Morceau d'après le Primatice, représentant une
femme grande et belle qui finit de gravir une
montagne, et dont un enfant embrasse les
genoux.

BOEL (Pierre).

39 — Une pièce d'après ce célèbre maître, représentant deux aigles et un griffon. C'est le n° 5
d'une suite de six éditée par Fr. Poilly, à qui
on en donne l'exécution.

BOURDON (Sébastien).

T. I° du Peintre-Graveur français.

40 — Le Retour de Jacob (1), 1er état.

41 — La Salutation angélique (9), idem. — La Visita-
tion (10), idem. — L'Annonce aux Bergers
(11), idem.

42 — **La Vierge à l'Écuelle (12).** Très-belle épreuve de la planche non réduite, et de la plus grande rareté.

43 — **La Vierge à l'écuelle (12).** Épreuve réduite de la planche qui précède.— La Vierge au Rideau (13), 2ᵉ état.—La Vierge au Livre (14), 1ᵉʳ état. *Très-rare.*

44 — **L'Enfant Jésus foulant aux pieds le péché (16),** 1ᵉʳ état. *Très-rare.* — La Fuite en Égypte (17), 2ᵉ état.

45 — **La Fuite en Égypte (18), 2ᵉ état.** — Le Mariage de sainte Catherine (19), 1ᵉʳ état, et une copie en contre-partie. — La Vierge à la Terrasse (20), 1ᵉʳ état.

46 — **La Fuite en Égypte (18).** Le 1ᵉʳ des états connus. — Le Mariage de sainte Catherine (19). Épr. transparente du 1ᵉʳ état. — La Vierge à l'Oiseau (21), 1ᵉʳ état.

47 — **Le Songe de saint Joseph (22).** Le 1ᵉʳ des trois états connus.— L'Ange conseille saint Joseph (23). Le 2ᵉ des 3 états connus.— La Fuite en Égypte (24), 1ᵉʳ état. — Autre Fuite en Égypte (25), 1ᵉʳ état.

48 — **L'Ange conseille saint Joseph (23),** le 1ᵉʳ des 3 états cités. — La Fuite en Égypte (25), 1ᵉʳ état. — Le Repos en Égypte (26), 1ᵉʳ état. — Le Retour d'Égypte (27), le 1ᵉʳ des 3 états connus.

49 — **La Sainte Famille aux Anges (28).** — La Sainte Famille au lavoir.

50 — Le Baptême de l'eunuque de la reine Candace (30) ; 1er état. Ép. très-fine ; mais elle a été mise aux carrés et se trouve tachée d'huile.— Les Pauvres au repos (31), et l'Enfant qui boit (32). *Épreuves brillantes.*

51 — La Vierge sur une arche souterraine (3 de l'Appendice). Toute 1re ép. d'une transparence parfaite. Elle est bordée d'un trait léger de burin offrant maintes lacunes, surtout au haut ; là où, dans l'état décrit volume 1er du Peintre-Graveur français, se voit l'adresse de *P. Mariette,* on lit : *S. Bourdon,* en menus caractères, comme dans le 1er état de la Vierge au Livre (14). Cette inscription est tracée entre deux traits parallèles de pointe sèche, comme on le voit dans l'épreuve que nous offrons ici. Il résulte de ce que nous venons de dire, d'abord que l'estampe est de Bourdon et non d'un autre, et ensuite qu'il y a 3 états de la planche sur laquelle elle a été exécutée.

52 — Nous devons joindre ici les pièces ci-après, visiblement d'après notre célèbre maître, tant délaissé de nos jours :

I. Le Serviteur d'Abraham chez Rébecca. Moyenne pièce.

II. Le renvoi de l'Arche aux Bethsamites. Grande pièce.

Citées par Heinecken.

III. L'Enfant Jésus visité par l'Agneau de saint Jean. Petite pièce.

IV. Le Veau d'Or adoré. Très-grande pièce qui a été publiée par Malbouré.

BOUYS (André).

T. IV du Peintre-Graveur français.

53 — Le portrait de Nicolas Boileau-Despréaux, en manière noire (3). Ép. tachée.

BREBIETTE (Pierre).

Né à Mantes-sur-Seine et mort à Paris vers le milieu du xviie siècle, âgé d'environ cinquante-deux ans.

« Il fut peintre, dessinateur et graveur, et jouit dans son temps d'une grande réputation. Il voyagea dans sa jeunesse en Italie, et en rapporta un goût de dessin spirituel. Son génie fécond le servait sans peine, et, comme il trouvait plus de facilité à dessiner qu'à peindre, sa vie se passa presque tout entière à faire des dessins, qu'il grava lui-même à l'eau-forte et qui furent gravés par d'autres. Il était homme de bonne compagnie, et qui inspirait de la joie dans les sociétés où il se trouvait. Sa mort le fit regretter de ses amis. Il eut une fille nommée Geneviève, à qui il apprit le dessin, et s'y exerça. » Mariette.

54 — La Sainte Famille, d'apr. André del Sarte. On lit dans la marge : Diffusa est gratia in labijs tuis.

55 — La Sainte Famille se reposant à son retour d'É-gypte, d'après Paul Véronèse. — La Sainte Vierge expliquant à Jésus enfant le Mystère de la Croix. — La Sainte Vierge assise et priant au pied de la Croix. Deux anges éplorés se voient au bas.

56 — Sainte Madeleine dans le désert. — Sur un autel au milieu, un bourreau va trancher la tête d'une religieuse en présence d'une foule de ses com-pagnes qu'un sort semblable attend. 2 ép. — Copie de la partie haute de la belle estampe d'Annibal Carrache. On lit dans la marge : SANCTA MARIA MAGDALENA, au milieu du nom du peintre et de celui de Quesnel. — Le martyre

de sainte Catherine dans le moment où se brise la roue, instrument de son supplice. — Un Exorcisme, d'après Paul Véronèse. La partie gauche formant la moitié d'une grande estampe en largeur, représentant l'assemblée des saints dans le ciel, gravée par notre artiste, d'après un dessin de Palme le jeune. 7 p.

57 — Les sept Péchés capitaux et les sept Vertus ou Qualités qui leur sont opposées, gravés deux par deux sur chaque planche. Suite de sept estampes avec l'adresse de Quesnel, 1ᵉʳ éditeur. — Les quatre Saisons de l'année figurées par Vénus, Cérès, Bacchus et une vieille femme se chauffant. — La Justice assise et s'appuyant sur un sceptre fleurdelisé. — Charlemagne vainqueur des Sarrasins. 2 ép. — Astronome méditant sur des effets sublunaires, accompagné d'un homme coiffé d'un turban. — La Fortune distribuant des richesses et des couronnes. Pièce d'après Vignon, datée de 1624.

58 — Vénus faisant des efforts pour empêcher le bel Adonis de partir pour la chasse. — Le Jugement de Pâris. — Le triomphe de Galathée accompagnée des Grâces. *Contre-épreuve.* — Le vieux Silène faisant l'amour, tandis que plusieurs Amours s'amusent de sa monture. — Combat des Centaures et des Lapithes. — Apollon et Diane exterminant la famille de Niobé. Ces deux pièces portent la date de 1625. — Le nᵒ 6 d'une suite de moyennes frises. — Le Triomphe de Bacchus, grande pièce

2

en largeur contenant, au milieu du haut dans
un cartouche, une inscription en quatre lignes,
et puis la date de 1630. — Une autre frise
beaucoup plus grande dans laquelle on voit
l'éléphant qui avait porté Bacchus lors de la
conquête de l'Inde. 9 p.

59 — Vignettes des Métamorphoses d'Ovide, des
Quatrains de Pybrac, et autres ouvrages litté-
raires, avec deux titres curieux de livres, 21 p.
— Plus quatre pièces, sujets de genre et de
fantaisie, qui sont : 1° une mère nourrice faisant une opération au derrière de son nour-
risson ; 2° un sujet d'intérieur éclairé par une
chandelle, où l'on remarque deux enfants dont
l'un joue du violon avec un gril et une pincette,
et l'autre se verse à boire dans un verre à
patte ; 3° la vue de la place Saint-Marc de
Venise, que Jombert a mal à propos donnée à
La Belle ; 4° et une pièce représentant à gauche
une fileuse au fuseau travaillant, et une bergère
sommeillant en avant de sa vache, et à droite
un jeune berger jouant de la musette accoté
au tronc d'un vieil arbre, ayant auprès de lui
une chèvre couchée, et son chien portant en
guise de fusil la houlette de son maître, qui
semble chanter les vers ci-après contenus dans
la marge :

> Que l'on ne vante plus Orphée,
> Bien qu'engendré par une Muse,
> Jacquiers icy plus de trophée
> Dessoubs l'air de ma cornemuse.

BOYVIN (René), dit Renatus.

Voir le t. VIII du Peintre-Graveur français.

60 — Judith (1). *Tachée et restaurée.*

61 — L'Ignorance vaincue, d'après le tableau du Rosso qui se voit encore dans la galerie de François Ier, au palais de Fontainebleau (16).

62 — Les Effets de la Pitié filiale, d'après un tableau du même maître, qui se voit aussi dans la même galerie (17).

63 — Vénus et l'Amour (30). — Les trois Parques filent la vie des humains (31).

64 — Une Muse pinçant du sistre (65). — Une autre Muse jouant de la basse de viole (66).

65 — La Dispute de Neptune et de Minerve (67).

66 — Diane et Actéon (68).

67 — Les Amours de Jupiter et d'Antiope (72).

68 — Portrait de Clément Marot, poëte français (111).

69 — Neuf pièces de la suite des panneaux d'ornements animés des divinités du paganisme (119-134).

CABEL (Adrien-Vander).

70 — Le Repos en Egypte (B. 49).

CALLOT (Jacques).

V. le Catalogue de son Œuvre, par N. Maume.

71 — La Cène (13). Très-belle, mais privée de sa marge. — Le no 5 des Miracles opérés par l'intercession de Notre-Dame de l'Annonciade

de Florence (M. 264). — Le Catafalque de l'empereur Mathias (M. 597), et une épreuve du sujet imparfait que Callot a gravé au revers de la planche de ce Catafalque. — Vue de la place de Sienne qui a si longtemps passé pour être de notre maître, et qui est due à Melchior Gerardini. — Plus une petite estampe longuette où se voient, à la droite du bas, deux pèlerins conversant, que l'on a longtemps donnée à Callot, et qui, certes, n'est pas de lui.

72 — Les Images des saints et saintes de l'année, suite incomplète qui ne comprend, outre le titre et le frontispice, que cent un feuillets contenant chacun 4 sujets, et, au total, 404 compositions.

CARAVAGE (Michel-Ange Amerighi, dit le).

73 — Le *Vide Thomas*, composition de 4 figures à mi-corps. Pièce citée par Huber et Rost.

CARRACHE (Annibal).

74 — La Vierge au Corbeau blanc.

CHALLE (Michel-C.)

75 — Une Femme au bain, vue de dos et tournée vers la gauche en retournant la tête du côté opposé. Pièce ovale. On lit dans l'angle bas, à gauche : M. C. Challe J. S. 1744. *Epreuve à toutes marges.*

CHÉRON (Elisabeth-Sophie,) femme Le Hay.

76 — Bacchus et Ariane (R. D. 7.) — Naïade (R. D. 14).

CIGNIANI.

Artiste italien sur lequel on ne trouve aucun renseignement.

77 — Un Ange assis sur les nuages, et vu de face, soutient le Globe que surmonte le signe de la Rédemption.

COLANDON (D.).

Que M. de Fontenai dit avoir été élève de Pierre-François Mola.

78 — La Nourrice (R. D. 1), 1er et 3e états.

COLLIGNON (François).

Dessinateur et très-habile graveur à l'eau-forte.

Il s'établit marchand d'estampes à Rome, où il en édita beaucoup d'après lui-même et d'après des Français, ses compatriotes, et des maîtres d'Italie.

79 — DIVERSE VEDVTE DESIGNATE IN FIORENZA. | *Per Jacopo Callott*. Suite de 12 estampes. Sup. ép. à toutes marges.

80 — Plan du chasteau de Moyen, dit Quiquengrogne, etc. — Et deux grandes estampes, d'ap. Michel-Ange Cerqozi, pour la guerre de Belgique de *Strada*.

COLLIN DE VERMONT (Hyacinthe).

Mort à Paris le 16 février 1761.

« Il était père de Collin de Vermont, surintendant de la musique du Roi. C'était un des plus honnêtes hommes qu'il fût possible de connaître, et qui ne manquait pas de talent ; mais c'était un peintre froid et sans couleur. Il inventait assez facilement, mais, quels que fussent les sujets qu'il entreprit de traiter, il n'en était aucun qui eût le pouvoir d'émouvoir et d'intéresser. Son dernier tableau a été la Présentation de la Vierge au Temple pour le maître-autel de la nouvelle église paroissiale de Versailles, et ce grand morceau, quoique bon dans plusieurs parties, porte avec lui la preuve de ce que nous venons d'avancer. M. de Vermont était disciple de Jouvenet ; il ne s'en ressentait guère. Il avait été tenu sur les fonts de baptême par M. Rigaud, qui ne cessa jamais de l'aimer et de le considérer ; il le lui fit connaître en lui léguant, comme il fit, tous ses desseins, ses estampes et ses ustensiles de peinture. Il était né à Paris en avril 1692, de sorte qu'il était âgé, au jour de son décès, de 68 ans et 10 mois. Il remplissait alors, dans l'Académie de peinture, la place d'adjoint au recteur, à laquelle il était parvenu en 1754. Il avait été élu professeur en 1740, et académicien en 1725. » *Mariette.*

On lui doit, comme graveur à l'eau-forte, entre autres pièces les 4 estampes ci-après qui témoignent de son talent en ce genre. Elles font partie d'un recueil dont l'Académie fit les frais, et qu'elle distribuait à ses élèves. La plupart des Académiciens de l'époque, et notamment le célèbre Natoire, concoururent à l'exécution de cette œuvre estimable. On lit dans chacune des marges du bas de ces estampes, à gauche : *Collin de Vermont del. et sculp.* et à droite : *Huquier ex. C. P. R.*

MORCEAUX EN HAUTEUR.

81 — 1. Académie d'homme assis sur une roche, s'appuyant des deux mains superposées sur un fragment de rocher.

H. 267 mm., dont 15 de marge. L. 161 mm.

2. Académie d'homme debout et agenouillé de la jambe gauche sur un roc. Il porte la vue à droite en étendant ses bras du côté opposé.

H. *Idem*, dont 13 de marge. L. 161 mm.

MORCEAUX EN LARGEUR.

82 — 3. Académie d'homme assis à gauche entre deux pierres, et étendant la jambe droite du côté opposé, où il porte sa vue en tenant de la main droite un bâton noueux.

L. 0,255. H. 0,174. dont 12 de m.

4. Académie d'homme assis sur un quartier de rocher, regardant à gauche en s'appuyant de la main droite sur une pierre, et s'accoudant de l'autre bras sur une urne d'où coule de l'eau.

Mêmes dimensions.

COTELLE le fils (JEAN).

83 — La Naissance de Cupidon (R. D. 2).

COURTOIS (JACQUES), dit le BOURGUIGNON.
T. 1er du P.-G. français.

84 — Prise de la ville d'Oudenarde (13). — Combat
de Steenberg (14). — Prise de la ville de
l'Écluse (15). — Prise de Berck (16).

COUSIN (JEAN).

85 — Six des compositions de ce célèbre maître, honneur de l'École française à l'époque de la
Renaissance. Elles sont gravées sur bois et
représentent la Conversion de saint Paul, le
Martyre de saint Étienne, l'Arrivée de la femme
adultère à la rencontre du Seigneur, etc. ; et
ont été tirées sur le recto et le verso de trois
petits feuillets provenant de défaits d'un ou de
plusieurs volumes imprimés vers le milieu du
XVIIe siècle, et que renseigne très-précieuse-
ment l'abbé de Fontenai dans son estimable
Dictionnaire.

DAGNAN (J.).
Artiste contemporain sur lequel nous manquons de données.

86 — Charmante eau-forte anonyme représentant, à
gauche, deux corps de logis contigus, éclairés
par le soleil, et à droite un vaste escalier en
pierres, précédé d'un mur d'appui avec palis,
et semblant servir à l'accession d'un grand
bâtiment avec tour et belvéder environné
d'arbres. — *Rare.*

DEBRAY (?).

Eau-fortiste de l'École française.

87 — Deux enfants dans le désert s'occupent, l'un à
manger des raisins et l'autre à boire dans une
aiguière. Pièce anonyme.

H. 205 mill. L. 155 mill.

DELACOURT (?).

Élève de Blanchard et de De La Hyre.

88 — David apercevant Bethsabée au bain, d'après De
La Hyre. La marge contient une dédicace en
vers, divisée en quatre colonnes chacune,
adressée au dédicataire, M. Pierre Puget de
Montoron, etc., par *Claudius Durand*, et ornée
au centre des armoiries du dédicataire. On lit,
tout au bas, à gauche : *De La Hyre inventor
et pinxit, De La Court sculpsit. Bruxelles ex.*

H. 415 mill., dont 56 de marge. L. 325 mill.

Deux épreuves, l'une est avec l'adresse de
Bruxelles, et l'autre paraît bien avoir été tirée
après l'enlèvement de cette adresse.

89 — L'Assomption de la Vierge, ornée au milieu du
bas de l'écu des armes du dédicataire descendant dans la marge, qui contient une dédicace adressée par *Claudius Durand* à M. Jean-
Baptiste de Saluces, suivie, à gauche, de : *De
La Hyre pinxit, De La Court sculpsit. Durand
excudit.* Estampe rare, cintrée du haut et à
pans, mais qui a beaucoup souffert.

H. 535 mill., dont 12 de marge. L. 324 mill.

F. Chauveau a gravé le même sujet. On lit
dans les pans : Assumpta est beata Maria.

DELAUNE (ÉTIENNE), autrement dit *Stephanus*,

Né à Paris, où il mourut, en 1583, à l'âge de 67 ans.

REVERS DE MÉDAILLES.

90 — (1) La Renommée publie les actions héroïques de Henri II, roi de France, chez les peuples des quatre parties du monde.

(2) La Sagesse et le Temps plaçant le trône de ce monarque sur le globe de la terre.

(3) Le roi reçoit des mains de la Providence le bâton de commandement, en présence de Jupiter, Eole, Neptune et Saturne, qui lui viennent offrir leur puissance.

(4) Ayant rendu stable la France, il écoute les conseils de la déesse Minerve

(5) Le même roi, assis à l'ombre d'un palmier, entretient l'Abondance et fait fleurir le royaume de France, tandis que l'Ignorance et le Vice détruisent le monde.

(6) Il fait alliance avec ses voisins.

(7) La Fortune, qui lui est favorable, lui persuade de faire la paix avec l'empereur Charles-Quint.

(8) Jupiter et Mars soutiennent le globe de la France au-dessus d'un trépied d'où naît un olivier.

DIFFÉRENTS SUJETS MYTHOLOGIQUES

Dans des formes ovales en hauteur, ornés de paysages.

91 — (1) Andromède, exposée à un monstre marin, est délivrée par Persée. (2) Céphale tuant Procris par mégarde. (3) Diane métamorphosant Ac-

téon en cerf. (4) Ganymède enlevé au ciel par l'aigle de Jupiter. (5) Hercule enfant écrasant deux serpents dans son berceau. (6) Hercule enchaînant Cerbère. (7) Le même étouffant Anthée. (8) Le même combattant Cacus. (9) Le même déchirant le lion de la forêt de Némée. (10) Narcisse devenant amoureux de lui-même en se mirant dans une fontaine. (11) Le centaure Nessus faisant présent à Déjanire d'une chemise trempée dans son sang. (12) Orphée attirant les animaux par les doux accents de sa musique. (13) Le dieu Pan apprenant à Mercure à jouer de la flûte champêtre. (14) Pâris jugeant les trois déesses. (15) La Chute de Phaëton. (16) La Mort de Pyrame et Thisbé. (17) Bacchanale où des satyres aident Silène à se soutenir.

Quatre petites frises représentant des combats.

MORCEAUX DÉTACHÉS DE DIFFÉRENTES SUITES.

Actéon changé en cerf pour avoir osé regarder Diane au bain.—Hercule faisant manger Diomède par ses propres chevaux. — Samuel reprimandant Saül (2 épreuves). — Le Jugement de Salomon. —Deux des six cavaliers romains.—L'une des quatre pièces de l'histoire de Jonas.—Élie nourri dans le désert. —La Mort de Pyrame et Thisbé.—Le Pêcheur à l'arbalète.—La Guerre et la Paix, dépendant d'une suite de quatre morceaux. — Saturne,

Mercure et la Lune, dépendant de la suite des sept planètes. — Quatre pièces d'ornements à fond noir, dont une copie. — L'une des deux frises représentant des combats de cavaliers romains et le mois d'août de la suite des grands mois de l'année.

92 — Quatre pièces de l'Histoire de la Genèse. — Neuf pièces emblématiques faisant partie d'une suite de 20 pièces; elles sont chiffrées c, d, g, l, m, o, p, q et r. — Les quatre parties du monde, quatre pièces. — Le six dernières pièces de la suite des sept planètes. — La Guerre et la Famine, la Paix et l'Abondance, suite complète.

93 — La Conversion de saint Paul, d'après Jean Cousin.

94 — Le Serpent d'airain, d'après le même.

95 — La Naissance de saint Jean, d'après Jules Romain.

DE SON (Nicolas), dessinateur et graveur,
Né en Lorraine, où il florissait vers le milieu du XVIIᵉ siècle.

PIÈCES EN HAUTEUR.

96 — 1° Bonne d'enfant portant un enfant sur le bras droit, accompagnée d'un jeune chien qui se repose sur l'autre bras de la bonne, qui tient à la main un jouet. Elle est debout, tournée à gauche, où se voit un bâtiment à la croisée duquel on remarque une figure. Au fond se présente un édifice qu'on ne voit qu'en partie, environné de quelques arbres. Le ciel est clair. Morceau anonyme.

H. 73 mill. L. 56 mill.

432 ,,

2° Le Rôtisseur ambulant. Richement vêtu, la tête couverte d'un chapeau à plumes, il tient d'une main un panier de provisions et de l'autre une broche où est appendu un vase contenant une passoire et du linge. Il marche à gauche, précédé d'un chien, et regarde le spectateur. Un seigneur et sa dame se remarquent à la droite du fond, au pied d'un monticule couronné d'un arbre. Morceau anonyme.

H. 80 mill. L. 68 mill.

3° Le Marchand d'oiseaux. Au pied d'une construction somptueuse qui s'élève à la gauche du bas, on remarque un oiseleur précédé de deux chiens, qui présente une cage renfermant des oiseaux à une dame ayant à ses côtés une jeune fille et son hallebardier. Le fond offre un parc richement boisé, enrichi d'une balustrade avec porte monumentale surmontée de plusieurs figures. Ce parc est précédé de plusieurs groupes de personnes de distinction. On lit, à droite, vers le bas : *N. De Son fe.* Les deux premières lettres formant monogramme.

H. 93 mill., dont 5 de marge blanche. L. 76 mill.

MORCEAUX EN LARGEUR.

14 ,,

97 — 1° *Elie, ou la veuve de Sarepta.* Copie dans le même sens que l'estampe de Callot, à la différence qu'on voit dans cette copie trois femmes rassemblées autour d'un cuvier dans le fond. Dans notre copie Elie tient, comme dans l'ori-

447.00

ginal, son bâton de la main droite. Il n'y a
jamais eu d'inscription sur la planche de notre
estampe, et les marges haut et bas et des côtés
sont égales, c'est-à-dire de 2 mill. chaque.

L. 140 mill. H. 88 mill.

2° Fragment de la copie du Jeu de boule
de Callot et dans le même sens.

L. 165 mill.? H. 113 mill.

/98 — 1° *Place du marché d'une ville ou d'un bourg.*
L'église du lieu se voit à la droite du fond,
précédée d'une halle couverte. A la gauche du
bas on voit, sous une tente, la boutique d'un
marchand de tableaux ou d'estampes encadrées, près de laquelle se tiennent debout le
mari et la femme qui attendent des chalands.
Joli morceau anonyme.

L. 143 mill. H. 193 mill.

2° *La Marchande de cerises.* Au milieu de
ce morceau, vers le bas, on voit un groupe de
trois femmes, dont deux à l'air de distinction,
et d'un jeune homme de distinction aussi,
à qui la marchande vient de peser et livrer des
cerises qu'il arrange dans son chapeau. Le
fond présente une rue dont la plupart des
maisons sont à pignon, au détour de laquelle,
vers le milieu, on aperçoit un coche attelé de
deux chevaux. On lit, à la gauche du bas :
NDe Son ex.

L. 147 mill. H. 102 mill.

3° Esther devant Assuérus. Composition de
douze figures. On lit, à la droite du bas :
C. Vignon Pinxit, N. de S. F. Mariette excu.

L. 220 mill.? H. 142? mill.

PAYSAGES.

99 — 1° Vue d'une fontaine monumentale qui s'accède par un escalier où l'on parvient par une tonnelle de verdure qui se remarque à gauche. Sur la dernière marche de cet escalier on voit Suzanne, les pieds dans l'eau, à laquelle semble en conter un vieillard assis derrière elle, qu'un autre vieillard s'apprête à rejoindre. On lit, à la gauche du bas : *ND De Son jn. et fec.*

L. 240 mill. H. 107 mill., dont 6 de marge blanche.

2° Vue d'une habitation somptueuse, à droite baignée par une pièce d'eau portant bateau, dont le trop plein s'écoule par un pont de pierres qui se voit à gauche, et qui est garni de six figures semblant contempler l'habitation dont on vient de parler, et les promeneurs qui se voient au pied et même au-dessus. Morceau anonyme.

L. 240 mill. H. 106 mill., dont 5 de marge blanche.

3° Un paysan se remarque à la droite du bas, en deçà d'un gros arbre faisant la fourche et tronqué par les bords de sa composition. Ce paysan tient un fusil à la main et se dirige vers le fond. Cinq figures, suivies d'un chien, se voient sur un grand chemin au milieu du bas et se dirigent au fond, où l'on distingue une habitation champêtre. Une rivière portant bateau occupe la gauche d'en bas. On lit sur la terrasse, vers le milieu : *NDe Son f.*

L. 220 mill. H. 104, dont 5 de marge blanche.

4° Le Bal champêtre. Les musiciens sont assis sur la couronne d'un arbre taillé en parasol à mi-hauteur de cet arbre, dont la cime ombrage les musiciens qu'on voit commencer à jouer de leurs instruments. Le bureau du bal se voit vers le centre à droite, et la réfection a lieu à gauche, non loin d'une église à clocher pyramidal. Morceau anonyme.

L. 235 mill. H. 100 mill.

100 — Quatre autres paysages en travers dont voici les dimensions réduites. Ils sont anonymes.

L. 239 à 145 mill. H. 113 à 115 mill.

I. La Croix de pierre au bord de la route. Cette route est parcourue au milieu, vers le bas, par une charrette à deux roues, montée par un homme en manteau et contenant des caisses. Un charretier à pied la conduit en faisant claquer son fouet.

II. Le Colombier dans l'enclos. Des musiciens précèdent une société assez nombreuse sortant d'un bâtiment qui se voit en partie à droite. Il s'agit d'un mariage, sans doute, et ce qui le ferait croire c'est la quantité de curieux qu'on remarque aux environs. A gauche se voit une église.

III. Le Coche près d'un château. Ce coche, qui est à quatre roues, est prêt d'entrer dans un château régnant à droite, et dont la grande porte est ouverte. Une fontaine monumentale s'élève au milieu, et à gauche trois femmes lavent du linge dans une pièce d'eau.

IV. La Rivière. Elle semble venir de la droite et va se perdre à la gauche du bas. En deçà de cette rivière on remarque plusieurs pêcheurs qui ont jeté ou s'apprêtent à jeter leurs lignes.

DIÉPENBEECKE (Abraham).

Voy. le Catalogue Rigal, p. 103.

101 — Le Paysan et son âne.

Copie, très-belle d'épreuve, avec marge.

DIÉTRICH ou DIÉTRICI
(Chrétien-Guillaume-Ernest.)

102 — Paysage avec ruines dans lesquelles est pratiquée une auberge.

DORIGNY (Michel).

Voyez le Peintre-Graveur français, t. IV.

103 — L'Adoration des Mages, d'après Georges Lalleman (40).

DUVET (Jean).

Voyez le Peintre-Graveur français, t. V.

104 — L'Annonciation (6). Très-jolie copie tirée sur papier de soie.

LOUIS FERDINAND,

Né à Paris en 1612, où il mourut en 1689.

Il fut de l'Académie et l'un des premiers qui en avaient été reçus.

105 — La Présentation au Temple, d'après Jacques Palme le jeune.

L. 0,156. H. 0,096.

2 ép.; l'une avec la lettre et l'autre, qui n'est qu'une contre-épreuve, prouve qu'il y a des épreuves avant la lettre.

106 — La Sainte Famille travaillant dans l'atelier de saint Joseph. Le Père putatif et le Fils divin sont debout et travaillent. La Sainte Vierge est assise et travaille aussi, mais à l'aiguille. Morceau anonyme.

H. 0,238, L. 0,160.

107 — Le Sauveur du monde. Debout dans une niche, et la tête nimbée, N.-S. Jésus-Christ, vu de face, tient d'une main le signe de la Rédemtion s'élevant à son côté, et contemple avec une grâce ineffable le calice d'amertume qui se voit à la droite du bas. Sans nom ni marque.

H. 0,213, dont 7 de marge blanche, L. 0,120.

Ce morceau, nous dit Mariette, est une répétition en sens contraire d'une ancienne estampe dont le genre de gravure approche assez de celui de Dominique del Barbiere, et qui présente : 1° Une hostie au-dessus du calice ; 2° un écusson d'armes à la droite du haut, aux côtés duquel sont les initiales R. F., retournées et surmontées d'une banderole contenant ces mots : EN DIEV. EST. MA.

H. 0,300, L. 0,205.

108 — Sainte Potantienne, d'après le Corrége. En demifigure, et dirigée vers la gauche, elle exprime dans un vase une éponge qui est remplie du sang des martyrs. Jolie pièce que quelques-un donnent à Samuel Bernard. Elle est richemen bordée. Au bas est écrit, savoir : sur la bordure : *S. POTANTIENNE*, et dans la marge *Correge inuent. et pinxit. P. Ferdinand excudit.*

H. 0,193, dont 6 de marge. L. 0,160.

109 — Une Sybille, d'après le Primatice. Elle est assise sur une espèce de soubassement, au milieu de l'estampe, ayant pour tout vêtement une ample

3

draperie qui couvre seulement la partie inférieure de son corps. Elle tient de la main
gauche, sur une de ses cuisses, un vase à par-
fums, et pose l'autre sur le feuillet blanc d'un
grand livre ouvert à la gauche d'en haut au-
dessus d'un coussin. Sans nom ni marque.

H. 0,233. L. 0,170.

Cette estampe est la répétition en sens contraire, et dans les
mêmes dimensions de celle gravée par Antoine Fantuzzi, qui
l'a marquée de son chiffre, et que Bartsch a décrite n° 2 de
l'œuvre de ce maître.

110 — Portrait d'Elisabeth d'Angleterre, princesse pa-
latine, d'après Van Dyck. Cette princesse,
jeune et belle, coiffée en cheveux à la mode de
la cour de Louis XIV; son cou paré d'un collier de perles, et couverte d'un manteau sur
lequel passe le collier d'un ordre de chevalerie.
Elle est vue de profil, tournée à droite en regardant de face. On lit dans la marge, à gauche : *Ant. Van Dick pinxit*, et à droite : *L.
Ferdinand fecit*.

H. 0,193, dont 9 de marge. L. 0,146.

111 — Portrait de Nicolas Poussin, peintre français. En
demi-corps, tête nue et enveloppé de son
manteau, il est tourné de profil à gauche où il
porte la vue, et où il s'appuie de la main droite
sur une espèce de table vue de champ. On lit
dans la marge :

NICOLAVS POVSSIN PICTOR.

*V. E. pinxit. L. Ferdinand fecit. P. Ferdinand excudit, cum
privilegio Reg.*

H. 0,257, dont 14 de marge. L. 0,198.

112 — Les amours d'Antiope et de Jupiter, d'après le Primatice. Antiope occupe la gauche de ce morceau, et Jupiter, transformé en satyre, se voit du côté opposé. Morceau anonyme.

L. 0,258. H. 0,172.

Cette estampe est la répétition en sens contraire et dans les mêmes dimensions de celle gravée par Fantuzzi, qui l'a marquée de son chiffre, et que Bartsch n'a pas décrite. Le même sujet a aussi été gravé par Georges Ghisi, dit le Mantouan, et Bartsch l'a décrit sous le n° 52 de l'œuvre de ce maître.

113 — Aux côtés d'une lucarne grillée se voit à gauche le groupe de Janus s'appuyant sur la massue d'Hercule et de Cérès posant la main droite sur des paniers de fruits, et, du côté opposé, le groupe de Jupiter transformé en taureau, qui enlève la belle Europe, et un dieu Fleuve tenant son urne. Morceau gravé sur 2 planch. égales dont les épreuves se réunissent côte à côte, et forment ainsi une estampe cintrée par en haut. Dans le goût du Primatice.

L. 0,360. H. 0,120.

114 — Des Amours combattant, d'après le Primatice. Ils sont très-nombreux, et de différents âges. Leurs armes sont des pommes. Plusieurs ont fait la culbute sur le terrain jonché d'ailleurs d'un arc, de deux carquois et de quelques-uns des projectiles. Sans nom ni marque.

L. 0,258. H. 0,157.

115 — Flore, Cérès, Bacchus et Saturne figurant les quatre Saisons de l'année, d'ap. des peintures du Primatice, exécutées à Fontainebleau, dans des bordures en forme de cartouches. On lit

dans les angles du bas, à gauche, B, et à droite
F (pour *Bologna fece*), et dans la marge : *Bologna invent Ferdinand excudit. F. L. D. Ciartres formis.*

H. 0,225, dont 6 de marge. L. 0,133.

116 — LE LIVRE | ORIGINAL DE LA | PORTRAITURE | POUR | LA
JEUNESSE | TIRÉ DE F. BOULOGNE ET | AUTRES
BONS PEINTRES, etc. Suite de 30 pièces chiffrées
dont les nºˢ 1, 2, 3, 4, 8, 10, 13, 15, 17, 19 et
20 manquent. Plus, une suite de quelques
études d'anatomie pour servir d'instruction
aux jeunes élèves qui commencent à s'appli-
quer au dessin. 3 pièces manquent à cette
suite, en la supposant composée de 12; ce sont
celles chiffrées 2, 9 et 10.

117 — (1) LIVRE | DE | PORTRAITVRE | *Receuilly des Oeu-
ures de Ioseph de Riuera | dit l'Espagnolet. |
Et gravé à l'eau-forte par Louis Ferdinand. |
A Paris, chez Nicolas Langlois | Rüe Sainct-
Jacques | à la Victoire.* Ce livre est composé
de 24 pièces, y compris le titre, chiffrées à la
droite du bas. H. 0,164. L. 0,146.

(2) Quatre bustes, deux au trait et deux autres
plus avancés. H. 0,154. L. 0,124.

(3) Six yeux ouverts ou fermés, dont trois sont
ombrés. H. 0,153. L. 0,117.

(4) Trois yeux fixés à gauche, et quatre autres
au trait à droite. H. 0,155. L. 0,114.

(5) Diverses parties du visage, dont deux de
profil, laissent voir chacune un œil. H. 0,156.
L. 0,124.

(6) Grande bouche ouverte, au trait, laissant voir les deux mâchoires et la langue, nez de profil également au trait, nez fini vu de face et nez ayant deux poireaux avec sa bouche; le tout ombré, mais de profil. H. 0,157. L. 0,120.

(7) La grande bouche du morceau qui précède, mais ombrée, profil d'une tête de vieillard dont le nez et le menton sont garnis de poireaux, et visage renversé laissant voir quatre dents de la mâchoire supérieure et les narines. H. 0,157. L. 0,118.

(8) Cinq oreilles, deux au trait et les autres ombrées. H. 0,152. L. 0,115.

(9) Quatre oreilles dont l'une n'est qu'au trait. H. 0,153. L. 0,120.

(10) Quatre bustes, un vieillard, un jeune homme et deux femmes. H. 0,160. L. 0,128.

(11) Huit pieds dont deux avec leurs jambes. H. 0,155. L. 0,130.

(12) Six mains dont trois au trait et les autres ombrées. H. 0,160. L. 0,115.

(13) Un pied chaussé d'une sandale, jambe et son pied, et la partie inférieure d'un corps humain replet. L. 0,155. H. 0,125.

(14) La partie inférieure du même corps humain du morceau qui précède, mais savamment ombré, deux jambes et un pied. L. 0,154. H. 0,122.

(15) Profil du col, de la poitrine, du dos et de l'épaule et du bras gauche d'une figure hu-

maine tenant quelque chose de la main gauche; partie de la poitrine, de l'épaule et du
bras droit d'une autre figure humaine, et
portant une coquille sur sa main; plus, deux
mains isolées. L, 0,153. H. 0,124.

(16) Deux épaules superposées à droite, l'une
au trait, l'autre ombrée; un bras s'appuyant
avec force, et deux mains tenant quelque
chose du côté opposé. L. 0,156. H. 0,125.

(17) Deux jambes au trait et deux jambes finies
se voient de chaque côté de ce morceau, en
partie cachées par une draperie descendant
du haut. L. 0,161. H. 0,119.

(18) Un ange volant sur les nuages et sonnant
de la trompette. L. 0,156. H. 0,120.

(19) Deux anges, face à face, volant dans l'es-
pace. L. 0,158. H. 0,118.

(20) Un bourreau écorchant tout vif saint Bar-
thélemi. H. 0,160. L. 0,120.

(21) Tête d'homme ayant pour coiffure un
bandeau. H. 0,160. L. 0,125.

(22) Tête d'homme à poireaux. H. 0,160. L.
0,123.

(23) Saint Pierre pleurant son péché. Le fond
est ombré. H. 0,152. L. 0,129.

(24) Le Poëte, figure en pied. H. 0,155. L. 0,117.

118 — Les Amours se jouant avec les dépouilles des
dieux auxquels ils ont fait éprouver leur puissance. On lit au bas, à mi-hauteur de la com-
position, sur la peau du lion de Némée : A | MES-

SIRE LOVIS HESSELIN | *Conseiller du Roy en ses Conseils* | *et maistre de sa chambre* | *aux Deniers.*

Si l'on t'ayme Hesselyn, et si ton ame esprise
Ressent le mesme feu que tu peux allumer,
Ce tableau que tu vois montre qu'il faut aimer,
Puisqu'Amour aux Dieux mesmes a rauy la franchise.

Le voila cet enfant qui, tout brillant de gloire,
Desbroüille du cahos le meslange confus.
Mars, Saturne, Appollon, Iuppiter, et Baccus
Relevent a l'enuy l'esclat de sa victoire.

Pluton, Pallas, Neptune, et le vaillant Hercule,
Pan, Diane, Mercure, et Vulcain le boiteux,
Le cognoissent pour maistre et sestiment heureux
De nourrir dans leur sein la flame qui les brusle.

Ils luy font presenter co'mme à leur Roy supreme
Ce qu'ils ont de plus cher par cent petits Amours,
Pour apprendre aux mortels qu'il faut aymer toulours
Et qu'aymant comme ils font ils veulent que lou ayme.

Au-dessous de ces vers sont les armoiries du dédicataire. On lit à la gauche du bas : *Dédié par P. Ferdinand, son très-humble seruiteur.* — Estampe de 2 feuilles qui se réunissent en les superposant.

H. 0,534. L. 0,375.

119 — Une autre épreuve de l'estampe qu'on vient de décrire. Elle est avant la lettre sur la peau du lion de Némée, et l'inscription de la gauche du bas contient ces mots : *L. Tettelin inuent. P. Ferdinand, sculp.*

120 — Les Vertus représentées sous des figures d'enfants qui portent les symboles, qui les caractérisent, en une suite de 9 pièces gravées à l'eau-forte par L. Ferdinand, sur les dessins de Louis Tes-

telin, faits d'après les bas-reliefs de Gérard van Opstal, excellent sculpteur.

Ces compositions sont entourées de bordures ovales au pointillé, et dont les angles sont teintés de travaux croisés. Le frontispice n'est pas chiffré, les autres le sont de 1 à 8, à droite dans la marge.

H. 0,238 à 0,248, dont 16 à 25 de marge. L. 0,197 à 0,205.

Frontispice où est écrit : LES | VERTVS | INNO-CENTES, | OV | LEVRS SIMBOLES | SOVS DES FIGVRES | D'ENFANS. | *Nécessaires aux amateurs* ; *de la muette Poésie,* | *et de la Peinture* | *perlan.e.*— 1654 | Ce titre est dans un ovale formé par un serpent qui se mord la queue, entouré de trois enfants, dont l'un, regardant le spectateur, relève de sa main gauche un rideau. Par cette composition, Van Opsal a voulu caractériser l'Éloquence procurant aux Vertus l'abondance et l'éternité. On lit sur la face de la console de support : *A Paris* | *chez J. van Merlen, rue St-Jacques à* | *la ville d'Anvers,* et dans la marge, au centre, un quatrain, à gauche : *Van Obstal, sculpt. finxit* | *Tetelin delineauit,* et à droite : *Ferdinand scalpsit* | *J. Van Merlen, ex.* | *Cum Privil. Re.*

(1) La Félicité de l'esprit et celle que procurent les biens de la fortune. On lit dans la marge le titre du sujet et un quatrain en deux colonnes égales.

(2) La Concorde. On lit dans la marge, *idem, idem.*

(3) La Fidélité. On lit dans la marge, etc., etc.

(4) La Prudence. On lit dans la marge, etc., etc.

(5) La Vérité découvrant la Fraude. On lit dans la marge, etc., etc.

(6) La Justice. On lit dans la marge, etc., etc.

(7) La Vertu héroïque. On lit dans la marge, etc. etc., etc.

(8) La Raison domptant les Passions. On lit dans la marge, etc.

121 — Les divers objets d'Amour, représentés par des groupes d'enfants qui en portent les attributs, en une suite de 6 pl. gravées à l'eau-forte par L. Ferdinand, d'ap. L. Testelin ; chiffrées de 1 à 6 à la droite du bas.

(1) L'Amour de Dieu. Six enfants jouant avec des guirlandes de fleurs sur une console dont la face laisse voir une tablette privée d'inscription. H. 0,260. L. 0,208.

NOTA. — Les dimensions des autres pièces de la suite sont celles-ci : H. 0,257 à 261. L. 0,181 à 183.

(2) L'Amour du roi. Quatre enfants se jouant avec des festons au-dessous d'une arcade surmontée du buste de Louis XIV enfant. L'un d'eux montre à ses camarades un tapis que recouvre le buste, et sur lequel est écrit : *Iaime le Roy*.

(3) L'Amour de la patrie. Trois enfants portant ou environnés de festons, et l'un d'eux tient de ses deux mains un portrait sur la bordure du-

quel on lit : CYRTIVS. Ces enfants sont au-dessous d'un entablement décoré d'une guirlande de feuilles de chêne, et surmonté d'une cassolette au milieu des bustes de Louis XIV et de son frère. La frise de l'entablement porte ces mots : *Jaime ma patrie.*

(4) L'Amour de la paix. Trois enfants plafonnant, un quatrième s'élève au-dessus d'eux en tenant une palme. On lit sur une banderole : *Jaime la paix.*

(5) L'Amour de l'Étude. Quatre enfants, deux d'entre eux supportent une console où est écrit : *Jaime l'Estude*, et sur laquelle posent des instruments des sciences, des lettres et des beaux-arts.

(6) L'Amour de la fortune. Groupe de quatre enfants plafonnant en maintenant sur celui de leurs camarades qui couronne la première un voile que l'air enfle, et sur lequel on lit : *Je me contente de ma fortune.*

122 — Les différents temps de l'Année, ou les Termes que l'on a coutume à Paris de payer le loyer des maisons, représentés sous des figures allégoriques formant calembourg, puisque ces figures sont des dieux Termes. En 2 planches gravées par Louis Ferdinand, d'après L. Testelin.

H. 0,378. L. 0,90.

123 — Jeux d'enfants : ils se préparent à la course, font la culbute, se balancent sur la planche. Ces 3 pièces sont du dessin de Louis Testelin;

et jouent à la main chaude, d'ap. C. Errard.
Ces quatre compositions ont été gravées par
L. Ferdinand, et publiées par son frère Pierre
Ferdinand.

L. 0,263 à 280. H. 0,190 à 200 dont 5 à 24 de marge.

124 — Des Amours se tenant suspendus en l'air et formant ainsi divers groupes qui imitent la forme
des festons. En 6 pl. gravées par L. Ferdinand,
sur les dessins de L. Testelin.

H. 0,370 à 386, dont 5 à 10 de marge. L. 0,086 à 100 de marge.

125 — Divers jeux d'enfants propres à être représentés
dans des frises. En 6 pl. dessinées par L. Testelin, et gravées par Louis Ferdinand. Elles sont
chiffrées à la droite du bas. Il nous manque le
n° 1.

L. 0,350 à 400. H. 0,135 à 182.

126 — Les n°s 1 et 19 du livre à dessiner de L'Espagno-
let, édition de Drevet. — Les n°s 27, 29 et 30
du livre à dessiner du Primatice. — Le titre
et les n°s 1, 3 et 5 des Vertus innocentes, de
l'édition de 1671. — Le n° 4 de la suite des
différents sujets d'Amour. — Une pièce de la
suite des jeux d'enfants; c'est celle où ils font
la culbute. Elle porte l'adresse de Mariette,
et les copies en contre-partie des n°s 3 et 5 des
différents jeux d'enfants propres à être représentés dans des frises. Ces copies sont,
croyons-nous, dues à la pointe d'un artiste
flamand ou hollandais. 13 estampes.

— 44 —

127 — La ville de Paris recevant un convoi de pain, qui lui arrive de Gonesse. Pièce grotesque faite à l'occasion du rétablissement de l'abondance à Paris, après la levée du siége pendant la minorité de Louis XIV. Cette pièce a été gravée par L. Ferdinand, d'après L. Testelin. On lit au milieu du haut : LE RETOUR DE GONNESSE, et dans la marge six vers au-dessous de chacun des titres ci-après : LA DAME AUBERVILLIERS, LE NOURICHER GONNESSE et DAME PARIS. Au-dessous de ces vers, on lit à gauche : *P. Mariette excudit*, et à droite : *A Paris, chez P. Ferdinand, rue de Seine, au faubourg Saint-Germain, avec privilége du Roy.*

L. 0,440. H. 0,320, dont 35 de m.

128 — Le temps ramenant aux peuples de France la paix qui leur apporte l'abondance. Pièce allégorique qui vit le jour après que le roi eut rendu la paix aux Parisiens. Cette estampe, qui est avant la lettre, nous paraît due à Samuel Bernard et non à Ferdinand. Sa marge est coupée.

L. 0,430. H 0,284.

129 — La *Gazette* représentée sous les traits d'une femme que recouvre un manteau semé de langues et d'oreilles, assise sur un trône au milieu du Mensonge et de la Vérité. Des hommes de différentes nations s'empressent à lui donner des avis qu'elles redonne à son secrétaire. Cette pièce a été faite lors de l'établissement de la *Gazette de France* ; elle est de l'invention de L. Testelin et de la gravure de L. Ferdinand. On lit sur un rideau, au-delà de la figure principale : LA GAZETTE, et aux pieds et sur les têtes des autres personnages leur noms. En cet état, la gravure n'a pas de marge, et voici ses dimensions :

L. 0,388, H. 0, 197.

130 — Autre épreuve de la même pièce retouchée, mais qui n'est point dans son intégrité ; elle est garnie d'une marge, produit d'une lame soudée au bas de la planche qui a fait l'épreuve ci-dessus, et cette marge contient vingt vers français, en cinq colonnes, explicatifs du sujet. Cette marge est de 32 mill. de haut.

131 — La chasse de *mon Oye*, pièce grotesque sur l'empressement que chacun a d'acquérir des richesses, d'après L. Testelin, par L. Ferdinand. On lit au milieu du haut : LA CHASSE DE MON OYE, et au milieu du bas : *Chascun court après mon Oye*. La pièce est tachée et est privée de marge. Elle porte l'estampille du baron *Denon*.

L. 0,406, H. 0,280.

132 — Autre composition grotesque due aux mêmes artistes L. Testelin et L. Ferdinand. On lit dans la marge du haut : LE PARNASSE RIDICULE DE LA PLACE MAUBERT, et dans la marge du bas trente six vers français en six colonnes égales, au-dessous desquels on lit à droite : *P. Ferdinand excudit* et au milieu : *auec privilége du Roy*.

L. 0,395. L. 0,311, dont 8 de marge au haut et 40 au bas.

FOCUS (Georges).

133 — Paysage de la suite de six (R. D.). IIe état.

ÉCOLE DE FONTAINEBLEAU.
(Voyez Bartsch, t. XVI.)

LÉONARD THIRI (ex-léon daven).

134 — Diane et ses nymphes poursuivant dans des barques un cerf qui traverse une rivière (49).

DOMINIQUE DEL BARBIÈRE.

135 — Fragment d'Amphiaraüs (4).

ANONYMES de cette école.

136 — Le Jugement des trois déesses (64).

137 — Fragment de l'Orgueil (104).

138 — Fragment de l'Avarice (105).

139 — Quatre fragments fixés sur une feuille, dont trois de l'Envie (107) et un de la Colère (109).

140 — La Paresse (110).

MORCEAUX NON CATALOGUÉS PAR BARTSCH.

141 — Trois bustes de femmes masquées, dépendant d'une suite de huit au moins qui paraît avoir été exécutée à l'occasion d'un bal ou d'un tournois. Parmi les huit vues par nous il y en avait une qui représentait le buste d'un homme pareillement masqué, au-dessus duquel nous avons remarqué le monogramme cité par Bruillot, t. 1, nº 294. Le fond des planche est ombré de tailles horizontales, parsemées

quelquefois de points allongés. Ces figures se présentent de trois quarts et les visages sont tournés de profil, tantôt à droite, tantôt à gauche.

R. 0,140. L. 0,105 à 0,110.

GABBIANI (Antoine-Dominique).

142 — La Sainte Vierge (B. 1.).

GARNIER (Antoine).

Voyez le Peintre-Graveur français.

143 — La Naissance de la Vierge (R. D. 11).

144 — La Sainte Famille (14).

145 — La Vierge et l'Enfant Jésus (16).

146 — Sainte Madeleine, d'après Vouet (28).

147 — Le Mariage spirituel de sainte Catherine (30).

148 — Jupiter et Danaé (49).

149 — Bacchanale, d'après Poussin (56), 1ᵉʳ état. Epreuve de toute beauté. La 1ʳᵉ pensée de cette composition était dans la collection de M. Boyer-d'Aguilles.

150 — La Charité, d'ap. Blanchard (68). A toutes marges.

151 — L'Espérance (59). — La Charité (60). — La Justice (62) et la Tempérance (64), quatre estampes faisant partie de la suite des Vertus théologales et des Vertus cardinales, d'après des peintures de Primatice.

GAULTIER (Léonard).

152 — Composition d'après Jean Cousin, représentant les Cyclopes forgeant des armes à l'Amour, accroupi à la gauche du bas. Pièce datée de 1581. Morceau très rare.

GIMIGNANI (Hiacinthe), élève de Nicolas Poussin.

153 — Deux pièces exécutées en 1647, pour décorer le
livre de la guerre de Belgique, de Strada, représentant, l'une, la bataille de Covensteyn, en
1585, et l'autre la prise de la ville de Tournay,
en 1581.

GRATELOUP (Jean-Baptiste).

154 — Le grand portrait de Jacques-Benigne Bossuet,
évêque de Meaux, d'après Rigaud. Très-belle
épreuve avant la lettre, tirée sur papier de
soie.

GUÉRINEAU (Alexandre).

155 — Les Vertus, d'après les peintures du Primatice,
exécutées à Paris, dans l'hôtel du connétable de
Montmorenci. La suite, avec le titre, doit con-
tenir 14 pièces ; nous n'en n'avons ici que 13
dépendant de 3 éditions, la 1re de Huart, la
2e de N. Langlois, la 3e de H. Bonnart, etc.,
avec lesquelles il est impossible d'en former une
suite complète.

156 — Deux suites incomplètes de frises intitulées, l'une,
Triomphe de Cérès, l'autre, *Triomphe de
Bacchus*. Plusieurs sont avec l'adresse du frère
de notre artiste, d'autres sont avec le nom de
Daman. Le nom du graveur ne se voit sur
aucun des morceaux qui sont au nombre de
17.

157 — Vue de l'intérieure d'une chapelle éclairée par une lampe au milieu du haut. La Sainte Vierge, assise à mi-hauteur à droite, tient sur ses genoux l'Enfant Jésus qui accepte le cœur enflammé de saint Augustin, revêtu de ses habits pontificaux, prosterné à la gauche du bas en avant de trois grands anges, dont l'un tient la crosse du saint. Deux petits anges assis à droite, tenant l'un la mitre du prélat, l'autre un livre saint. On lit dans la marge à gauche : *François Perrier Inventor* et à l'opposite : *Guérineau, excudit avec privilège du Roy,* H. 0,400, dont 20 de marge. L. 0,280

GUEROULT DU PAS.

158 — Petits bâtiments de l'Océan, faits par Gueroult D. 1709. A. P. D. R. Suite de 15 pièces.

GUILLAIN (Simon).

159 — Vie de Saint-Diego, peinte dans la chapelle de St-Jacques des Espagnols, à Rome, par Annibal Carrache, suite de 20 pièces, chiffrées de 1 à 19 sur les morceaux venant après le titre, qui ne l'est pas.

160 — Les nos 18 et 19 de cette suite avant les chiffres plus 1o les apprêts de l'embaumement de N. S. composition de six figures, sur laquelle est écrit à la gauche du bas, sous l'ombre portée de la Madeleine : *S. G. J. F.* L. 0,143. H. 0,107 ; 2o épreuve et contre-épreuve d'un bas-relief antique, présentant une baccha-

4

nale composée de cinq figures, les initiales
du maître (S. G.), se voient à la gauche
d'en bas, sur une pierre : L. 0,187 H. 0,150.,
dont 15 de marge, où l'on voit entre-autres
griffonnis ceux de deux têtes, l'une d'homme
et l'autre de femme; 3° deux exemplaires des
deux estampes gravées par notre maître pour
les guerres de Belgique, de Strada; l'une d'elles
chiffrée 116 à la droite du haut, ne porte ni
nom ni marque, mais l'autre, chiffrée à la
droite du haut 327, po te les initiales du maître
(S. G.), sur une pierre à la gauche du bas.

HAECHT (G.-V.).

161 — **Massacre des Innocents.** Au fond on aperçoit de
vastes bâtiments avec un bout de paysage. Au
ciel, dans un nuage, figurent trois anges portant
des palmes et des couronnes. On lit à la droite
du bas : *G. V. Haecht fecit*, et à l'opposite :
G. Beliome cum pririllegio. H. 0,254. L. 0,200.

HENRIET (ISRAEL).

Dessinateur et Graveur à l'eau-forte, condisciple et contemporain de Callot; il
fut l'éditeur de la plupart des productions de ce célèbre maître et chercha à
l'imiter dans les estampes qu'il a't ex lui-même.

162 — 1° **La Tour de Nesle.** On lit sur l'eau à la gauche
du bas : *Israël F.* L. 0,140. H. 0,070. — 2°
Maison rustique attenant à une tour élevée de
plusieurs étages, deux figures, homme et
femme, se voient à gauche. Tout au bas de ce
côté, on lit : *Israël F.* L. 0,147. H. 0,073. —
3° Une rivière baigne le bas de l'estampe, où,
sur le premier plan, on voit un bateau monté

de trois figures. Au-delà de l'eau, à droite, on voit un corps de logis surmonté d'un toit rapide orné d'une girouette, accompagné d'une tour ronde à plusieurs étages. On lit dans la marge, à gauche : *Israël F.* L. 0,147. H. 0,075, dont 2 de marge. — 4° Un jeune gentilhomme campé comme tous ceux qu'a gravés Callot. Il est debout à la droite du bas et tourné vers la gauche, où l'on remarque une habitation somptueuse avec enclos garni d'arbres. On lit à la gauche du bas : *Israël F.* L. 0,146. H. 0,073.

163 — Plus six estampes ne portant pas l'inscription ci-dessus rapportée, mais seulement *Israël ex.*, à l'exception de la sixième qui est la plus grande, laquelle ne porte ni nom ni marque. Qui a fait celle-ci a fait celles-là; donc elles sont aussi de la pointe de notre artiste.

HOLLAR (WINCESLAS).

164 — Portrait, d'après Stocade, d'Étienne de la Belle, peintre et graveur. Épreuve de toute beauté avec de belles marges.

LA FAGE (RAYMOND).

V. le Peintre-Graveur français, t. II.

165 — Le Triomphe de Bacchus (8). — L'Embrassade (18), II° état. — La Satyre châtié (20), I°.

LA HYRE (LAURENT DE).

166. — La Sainte Famille à la Palme (R. D. 6.), II° état.

LALLEMAN (GEORGES).

« Il était de Nanci, dit Mariette, et vint s'établir à Paris, où il exerçait la
« peinture dans le commencement du XVII° siècle. Sa manière était pauvre
« et sans goût, et cependant il était en réputation et fort employé. Son école
« était fréquentée et rien n'était plus préjudiciable à l'avancement des arts.
« On a de lui diverses estampes et entre autres plusieurs clairs-obscurs qui ne
« contredisent pas ce que j'avance ».

On lui doit comme peintre, saint Pierre guérissant le boiteux à la
porte du Temple et saint Étienne priant avant d'être lapidé, *mais
offert à N.-D. de Paris*, en 1630 et 1633, et dont le 1er a été gravé par
Brébiette.

Une eau-forte est sortie de sa pointe et nous allons la décrire comme
étant le seul morceau que Mariette lui donne.

167 — Jésus-Christ ressuscitant Lazare. Notre Seigneur
debout, pieds nus à la gauche du devant,
bénit de la main gauche élevée Lazare assis
sur la pierre qui recouvrait sa tombe, dont
les jambes sont encore dedans. La scène se
passe dans un vaste souterrain composé de
deux galeries parallèles et animé de beaucoup
de figures. Morceau sans nom ni marque, qui
a mal réussi à l'opération de l'eau-forte.

H. 0,248. L. 0,187.

Nous joignons à cette pièce une épreuve de saint Pierre guérissant le boiteux
à la porte du Temple, gravée par Brébiette.

LASNE (MICHEL).

168 — Le portrait d'Anne d'Autriche, reine de France
et de Navarre, représentée assise et couronnée,
portant le sceptre et s'appuyant sur un paon.
Le monogramme du maître se voit au bas à
droite. On lit ce quatrain dans la marge :

Mortelz vous deuez estre en peyne,
En regardant ceste beauté
Sy c'est le portraict d'une reyne
Ou bien d'une diuinité.

H. 0,185, dont 45 de marge; L. 0,126.

Cette estampe a été gravée pour décorer le livre intitulé les Amours de Jupiter
et de Junon, sous les traits de Louis XIII et d'Anne d'Autriche.

LE BRUN (CHARLES).

169 — Le Soir (R. D. 6).

LE CLERC (JEAN).

170 — Le Repos en Egypte (R. D. 1), II⁰ état.

LE ROUX (LOUIS) ?

171 — Le Triomphe de Galathée (R. D. 22). Bacchus et Ariane (25).

LOIR (NICOLAS).

172 — Cléobis et Biton. Ces deux frères, modèles de l'amour fraternel et de la piété filiale, sont attelés au char d'Argie, leur mère, qu'ils tirent seuls vers le temple de Junon, dont elle était prêtresse (R. D. 16). Épreuve du premier des quatre états décrits, signée au dos : *P. Mariette 1691.*

173 — L'Aurore (17). — Trio d'amours (28).

174 — Jupiter et Antiope (30). — Diane et Actéon (3 2).

175 — Le Paysage (45).

LOIR (ALEXIS).

Frère puîné de Nicolas.

176 — La Sainte Vierge, saint Jean et sainte Madeleine pleurant sur le corps mort de J.-C., descendu de la croix et étendu par terre sur un linceul, d'après son frère, avec l'adresse de P. Mariette.

H. 0,430, dont 12 de m. L. 0,340.

177 — La Descente de croix, d'après J. Jouvenet. Ep. à toutes marges.

H. 0,575, dont 43 de marge. L. 0,405.

178 — Un second exemplaire de la même composition et de pareille condition.

179 — La Chute des mauvais Anges en deux planches, d'après Charles Lebrun, qui l'a dédiée à M. de Louvois, surintendant des bâtiments. Ep. à toutes marges.

H. 0,560, dont 44 de marge. L. 0,520.

180 — La Sainte Vierge ayant près d'elle l'Enfant Jésus couché sur une croix et adoré par saint Joseph et par un ange. Dans un ovale en travers.

L. 0,345. H. 0,270.

181 — La Sainte Vierge ayant sur ses genoux l'Enfant Jésus, qui touche d'une main un globe et étend l'autre pour prendre une croix que porte saint Jean-Baptiste.

H. 0,316, dont 22 de marge. L. 0,257.

182 — Autre, accompagnée de sainte Catherine, qui adore l'Enfant Jésus.

H. 0,340, dont 18 de marge. L. 0,247.

183 — Autre, sur les genoux de laquelle est assis l'Enfant Jésus qui tient une poire.

H. 0,305, dont 12 de marge. L. 0,227.

184 — Autre, pareillement en demi-corps, où l'Enfant-Jésus regarde le ciel et a une croix dans la main droite.

H. 0,336, dont 14 de marge. L. 0,264. Ép. à toutes marges.

185 — Autre, faisant le signe de ne pas éveiller l'Enfant Jésus qui est endormi entre ses bras. Dans une bordure ovale en hauteur, dont les angles sont teintés.

H. 0,415, dont 22 de marge. L. 0,315.

186 — Les Anges enlevant au ciel sainte Madeleine, d'après le tableau de Lanfranc.

H. 0,427, dont 20 de marge. L. 0,308.

187 — Un autre exemplaire du même sujet.

188 — Vénus tâchant de retenir Adonis qui part pour la chasse.

L. 0,112. H. 0,240, dont 5 de marge.

189 — Vénus montrant à Énée les armes qu'elle lui a fait fabriquer par Vulcain, d'après N. Poussin.

190 — Le Temps tirant le rideaux qui cachaient la Peinture et la Sculpture qui se font voir dans tout leur éclat à Minerve, déesse des Arts.

L. 0,374. H. 0,282, dont 22 de marge.

191 — Moïse trouvé sur les eaux, d'après Nicolas Poussin, dédié, en 1677, à Charles Lebrun, élu en cette année prince de l'Académie de Rome, pour la seconde fois. C'est sur cette estampe qu'Alexis Loir a été reçu à l'Académie en 1678.

L. 0,675. H. 0,4 s, non compris la marge.

MALHERBE (François de).

Poëte Français.

192 — Son portrait, par un inconnu de mérite, représenté en buste dans un ovale armorié au bas, au-dessous duquel on lit les noms et qualités du personnage, suivis de l'adresse de P. Mariette.

H. 0,192. L. 0,130.

MIÈLE (Jean).

193 — Le Siége de Maëstricht (B. 4). — La Prise de la même ville (5), — et la Prise de Bone (6).

MIGNARD (Nicolas).

194 — L'Enlèvement de Ganymède (R. D. 2), 1er état. —Ulysse chez Circé (5), 1er état. — Persée tranchant la tête de Méduse (7), 1er état. — Anfinomus et Anapias (8), 1er état. — Le Triomphe de Bacchus (9), IIIe état.

MORCEAU NON DÉCRIT.

195 — L'Ascension de Notre-Seigneur. On le voit s'élevant au ciel au-dessus de la montagne qu'entourent ou environnent la Sainte Vierge, les apôtres et des fidèles; composition de plus de quinze figures qui rappelle le goût de Philippe de Champaigne. On lit dans la marge : ASCENDIT AD COELOS, SEDET AD DEXTERAM DEI PATRIS OMNIPOTENTIS, AVG. QUESNEL EXCVDIT | 1636 | CVM PRIV. REGIS. L'exécution de ce morceau est tout à fait dans le goût de l'estampe de Loth et ses filles, due à notre graveur.

H. 0,420, dont 13 de marge. L. 0,280.

MONCORNET (Balthasard).

196 — La Vie des Ermites, 21 pièces.
197 — La Vie des Ermitesses, 25 pièces.

NATOIRE (Charles).

198 — Jésus en croix (R. D. 3), IIe état. — l'Été (5) — Une figure académique (8).

199 — Un autre exemplaire de ces mêmes 3 pièces.

ONOFRI (Crescent).

200 — Le Pont à deux arches (B. 5).

PATER (Jean-Baptiste).

Peintre de l'Académie, né à Valenciennes en 1695, élève de Watteau, dans la manière duquel il s'était fait une réputation.

« Il mourut à Paris en 1736, âgé d'environ 41 ans, vers le milieu du mois de juillet. Cette réputation n'a pas été bien loin. Pater est aujourd'hui presque oublié, et c'est ce qui arrivera à tous ceux qui, comme lui, seront des imitateurs serviles de la manière de leur maître. Le défaut de celui-ci était de ne pas savoir mettre une figure ensemble et d'avoir un pinceau pesant. Il n'était occupé qu'à gagner de l'argent et à l'entasser ; le pauvre homme ne se donnait pas un moment de relâche et se refusait le nécessaire, et ne prenait plaisir qu'à compter son or. Je n'ai rien vu de si méprisable que lui » *Mariette*.

201 — Le Bivouac. Au-delà d'un soldat assis par terre à la gauche du bas, tenant de ses deux mains un fusil posé sur lui, et qui regarde attentivement ce qui se passe aux environs, on remarque un officier s'entretenant avec une grande dame, et dont le sujet de l'entretien roule sur le spectacle qu'offre le fond où se fait la cuisine, et la gauche de l'estampe occupée par deux tentes ombragées de quelques arbres, où se voient une grande dame assise, ayant à son côté sa jeune fille dont elle a pris la main et qui paraît s'entretenir avec un officier qui prend soin de sa robe. Morceau anonyme.

L. 0,212. H. 0,190, dont 16 de marge blanche.

L'épreuve qui se voit ici est privée de sa marge.

PICQUOT (Henri).

202 — La Jeune Vierge montant les degrés du Temple, d'après Chapron (R. D. 1.). La marge est coupée.

PRÉVOST (NICOLAS).

V. le Peintre-Graveur français, t. 3, p. 38.

MORCEAUX NON DÉCRITS.

203 — Judith venant de trancher la tête d'Holopherne. En avant d'une draperie tendue au fond de l'estampe, on voit l'héroïne en demi-figure presque de face, s'appuyant sur son épée et retournant la tête à droite où est sa servante qui vient de retirer de son sac la tête d'Holopherne. Sans nom ni marque.

H. 0,192. L. 0,154.

204 — La Sainte Vierge en demi-figure assise à droite en avant de deux rideaux entr'ouverts et tenant sur elle son divin fils étendu sur le dos en élevant ses bras pour se jeter au cou de sa sainte mère. Morceau anonyme.

H. 0 192. L. 0,150.

205 — La Vierge assise par terre à gauche et tournée du côté opposé, dans un site de rochers, tient l'Enfant Jésus sur elle en posant la tête sur son sein. Morceau anonyme.

L. 0,165. H. 0,130.

206 — La Vierge et les Saints Enfants. La Sainte Vierge assise à droite et dirigée du côté opposé, tient debout à son côté le petit Jésus à qui le jeune saint Jean offre des fruits. Morceau anonyme.

L. 0,155. H. 0,117.

207 — Saint Jean dans l'âge de la puberté est vu en demi-corps, couvert d'une draperie laissant voir à nu son cou, son épaule gauche et partie

de sa poitrine ; il est dirigé à gauche en tenant de ses deux mains élevées et sa petite croix et la banderole qui l'accompagne, et sur laquelle on lit en lettres retournées : ECCE AGNVS. Morceau anonyme.

H. 0,155. L. 0,123.

208 — Sainte Madeleine dans le désert. Dirigée à droite, et assise sur un rocher étant du côté opposé, elle méditait sur une tête de mort, quand un bruit céleste lui est venu annoncer l'apparition d'une croix que deux anges viennent d'implanter sur son rocher, qu'un troisième ange, les mains jointes, semble adorer. Quelques arbres embellissent le paysage. Morceau anonyme.

H. 0,200. L. 0,138.

209 — Autre composition. La même sainte, dans des proportions plus fortes, se voit couchée en travers de l'estampe, la tête à droite et les pieds à gauche. Sainte-Madeleine se voit ici abîmée dans la méditation et lisant dans un grand livre qu'elle tient de ses deux mains, non loin d'une tête de mort. Morceau sans nom ni marque et fort beau.

L. 0,208. H. 0,150.

210 — *La Foi*. Assise de face et appuyé à gauche sur un socle, elle pose la main droite sur son cœur et tient de l'autre un calice sur lequel elle médite.

H. 0,135. L. 0,087.

211 — *L'Espérance*. Elle est caractérisée par un oiseau qui vole au-dessus de sa main droite élevée et s'appuie de l'autre sur un ancre. Au surplus, cette Vertu est figurée par une femme jeune et belle, assise à droite, la tête parée de fleurs. Son torse est nu et son corps d'ailleurs est couvert d'une ample draperie.

H. 0,140. L. 0,090.

212 — *La Charité*. Caractérisée par une femme assise de face, la tête ornée d'un voile qui voltige derrière, une ample draperie la recouvre. Trois enfants l'entourent; l'un, debout derrière elle, regarde le spectateur et lui sourit; les deux autres se disputent pour savoir à qui restera la meilleure place.

H. 0,138. L. 0,090.

213 — *Vénus et l'Amour*. La déesse de la beauté, à peu près nue, est assise, vue de face à la droite du devant, paraissant gourmander l'Amour qui, de dépit, a jeté à bas son carquois; mais il a conservé son arc, et un de ses traits qu'il tient de chaque main.

H. 0,148. L. 0,105.

RIBERA (dit l'Espagnolet).

214 — Tête d'homme à poireaux (B. 9).

RIVALZ (Barthélemi).

« Cousin et élève d'Antoine Subleyras, a gravé quelques dessins et les portraits des trois Rivalz, ses parents, et vit encore en cette année (1772), âgé de près de 80 ans. Il est meilleur dessinateur que peintre. Il était à Rome lorsqu'il grava d'après Subleyras, le portrait d'Antoine Subleyras, chez lequel il loge et qui le nourrit par charité. Son père et un de ses frères, l'un et l'autre ouvriers, étaient établis à Saint-Girons. » (*Mariette*).

215 — Portrait de Jean-Pierre Rivalz. Debout dans son atelier et à mi-corps, au-delà d'une table où

l'on voit une règle et un compas, et deux volumes dont il en feuillette un et dirigé à droite, il tourne la tête du côté opposé où il regarde; un chevalet garni d'une toile est au fond. On lit dans la marge : Joannes *Pétrus Rivalz* | *pictura, sculptura, architectura péritia* | *et uita probitate insignis* | *Ant. Rivalz pinx* | *Bart. Rivalz, sculp.*

H. 0,264, dont 3½ de marge. L. 0,176. Épreuve à toutes marges.

216 —— Un autre exemplaire de ce portrait, mais n'offrant plus que les témoins du cuivre.

217 — Portrait de Pierre Rivalz, petit-fils du précédent, surnommé *le chevalier Rivalz*. Il est en demi-corps, tourné de profil à gauche, portant perruque et couvert de son manteau qu'il touche de la main droite. Il regarde de face, Dans une forme ovale dont le fond est ombré, mais dont les angles sont blancs.

H. 0,220, dont 20 de marge blanche. L. 0,158.

218 — *Dalila* s'apprêtant à couper les cheveux de Sanson sommeillant sur l'un de ses genoux. Sans nom ni marque.

H. 0,169, dont 7 de marge blanche. L. 0,138.

219 —— *Sainte Cécile.* Elle chante les louanges du Seigneur en touchant du tympanon. Deux anges l'environnent, l'un lui tient un cahier de musique et l'autre l'accompage de la guitare, composition en demi-figures. On lit dans la marge à gauche : *Ant. Rivalz, pin.* et à droite : *Bartho Rivalz incidit.*

H. 0,225, dont 7 de marge. L. 0,180.

220 — *La mort de Cléopâtre.* On la voit dans l'intérieur de son palais, étendue sur un meuble, la partie antérieure du corps à droite et la partie inférieure vue en partie à l'opposite, ayant posé son bras droit sur une table au fond de ce dernier côté, où l'on voit une corbeille de feuilles et de fruits. Cette pièce n'est pas dans son intégrité.

221 — *Arrie et Patus.* Composition en demi-corps où l'on voit Arrie qui remet à Portus, son mari, le poignard dont elle vient de se percer le sein. On lit dans la marge, à gauche : *A. Rivalz Ping¹*, et à droite : *Bart. Rivalz inc¹*.

H. 0,235, dont 15 de marge. L. 0,150.

222 — Une autre épreuve de la même estampe qui ne diffère de la précédente que par le nom du sujet qui a été gravé ainsi au milieu de la marge : *Arie et Petus.*

223 — *Lucrèce et Collatin.* Composition en demi-figures où l'on voit, sur le premier plan, Lucrèce tombée morte d'un coup de poignard, dont Collatin se perce lui-même la poitrine. On lit dans la marge à gauche, sous le trait carré : *A. Rivalz pin.*, et à pleine marge : *Illmo Viro D.^no D.^no Petro de Lagorrée imaginem tabellæ ex | Musco ejus desumpta suum Artis cœlaturæ primum specimen | D. D. C. Bartholomeus Rivalz.*

H. 0,250, dont 20 de marge. L. 0,153. Eau-forte.

224 — Un autre exemplaire du même sujet fini au burin dans toutes ses parties.

225 — *La Chute des Anges rebelles*. Reproduction par notre artiste du célèbre tableau peint par Antoine Rivalz, dans la cathédrale de Narbonne. On lit dans la marge à gauche : *Antonius Riualz, pin.* et à droite : *Bartolom. Riualz, sculp.*

H. 0,490, dont s de marge L. 0,373.

226 — Un autre exemplaire de cette pièce.

227 — Le roi Priam massacré dans son palais. Pièce en mauvais état de conservation. Plus une eau-forte, signée *Ambrosius Croizat, sculp.*, représentant une composition allégorique d'Antoine Rivalz, où l'on voit la Sottise, l'Envie et l'Ignorance fustigées par deux anges, etc., etc.

ROBERT DE SERI (P.-P.-A.).

228 — La Nativité (R. D. 14). Pièce en manière noire.

ROTARI (PIERRE).

229 — Abraham prosterné devant les Anges, d'après Antoine Balestra. — Vénus allant à la rencontre d'Enée et d'Achate, d'après le même.

RUYSDAEL (JACQUES).

230 — Les deux Paysans et leur Chien (B. 2).

SAMACHINI (?).

231 — La Sainte Famille accompagnée de sainte Catherine. Sans nom ni marque.

SAINT IGNY (Jean de).

232 — Collection des estampes gravées par ce maître
charmant, soit pour orner son livre de por-
traiture, soit pour compléter les leçons qu'il y
donne; le tout formant un recueil de 72 estampes (Voy. le tome VIII du P.-Gr. français).

SAN MARTINO (Marc).

233 — Loth et ses Filles (B. 3).

SCALBERGE (Pierre).

234 — Sainte Famille (R. D. 4); 1er état, c'est-à-dire
avec l'année 1637, et avant les mots : *Vernesson
excudit.*

235 — Bacchanale d'enfants (46).

MORCEAU NON DÉCRIT.

Onze enfants dont un est à califourchon sur un
tonneau, d'où il verse du vin à ses camarades.
Un autre a ôté le fosset du tonneau, et remplit
de son contenu un vase qu'il tient à la main.
Sans nom ni marque.

L. 0,243. H. 0,464.

SUBLEYRAS (Pierre).

236 — Sainte Famille (R. D. 1). Pièce ovale en largeur.
Rare.

237 — Le Serpent d'airain (2); 1er état non constaté
dans le Peintre-Graveur français. On lit dans
la marge de celui-ci, à gauche, sous le trait
carré : *Subleyras jn. pinx. et sculp.* Le surplus
de la marge est resté en blanc. L'état décrit
dans l'ouvrage cité est le IIe.

238 — La Madeleine aux pieds de Jésus-Christ (3),
1ᵉʳ état. Où l'on remarque dans les marges des
côtés, et dans la partie à droite de celle du
haut des coulures de l'eau-forte. Il y a un
IIᵉ état dans lequel on lit dans la marge du bas,
à gauche, en deux petites lignes : *Observer
que Subleyras n'a fait tirer à Rome que quelques
épreuves de cette planche qui furent mal impri-
mées. En 1787, on en a fait tirer seulement cent
épreuves pour multiplier l'admirable composition du sublime tableau de même grandeur qui
appartient actuellement au roi.*

239 — Saint Bruno ressuscitant un enfant (4).
Plus, trois compositions du maître, gravées
par Gallimard, J.-L. Le Lorrain et Pierre.
Et le portrait de Subleyras, gravé dans un
cartouche, par M. Aubert.

SWANEVELT (HERMAN).

240 — Les Pêcheurs (B. 77), 1ᵉʳ état.
241 — L'Hôpital (87), 1ᵉʳ état.
242 — Balaam (111), IIᵉ état, plus une pièce d'après le
maître, par un anonyme.

TRIVA ou TRIVIS (ANTOINE DE).

243 — Suzanne surprise au bain (R. 1).

VALLET (PIERRE), dit le Jeune.

244 — Le Feu (R. D. 3).

VIEIRA, dit MATOS (FRANÇOIS).

245 — Un sujet allégorique.

5

VIGNON (Claude).

246 — L'Adoration des Rois (R. D. 2), 1er état. Mal conservée. — Les corps de saint Pierre et de saint Paul dans le même sépulcre (19).

247 — Le Martyre de saint André (20).

248 — Le Martyre de saint Laurent (21). J.-P. Mariette dit de cette pièce que c'est une des meilleures du maître.

249 — Le Martyre de sainte Lucie (23).

250 — Les Triumvirs faisant mettre à mort les principaux sénateurs romains (24).

251 — L'Apothéose d'Hercule (25). — Titre de livre (27), IIe état.

MORCEAUX NON DÉCRITS.

252 — Saint Dominique reçu dans le Ciel, et la Sainte Vierge accordant le Rosaire à ses prières. On lit dans la marge et de très-vieille encre, savoir, à gauche : *Guido Reni jn*, et à droite : *Vignon excud. cum priuilegio.*

H. 0,243, dont 13 de marge. L. 0,188.

253 — Composition votive. L'Enfant Jésus vu de face tenant d'une main sa croix, ornée d'une bannière, et bénissant de l'autre, au-dessus d'une gloire de chérubins et environné de la Sainte Vierge, de saint Joseph, de saint Joachim et de sainte Anne, assis sur les nuages, et dont les têtes sont ornées d'auréoles. On lit dans la marge : IESVS MARIA IOSEPH | IOVACHIN ET ANNA | ORA PRO NOBIS.

H. 0,230, dont 24 de marge. L. 0,169.

264 — La Sainte Vierge tenant dans ses bras l'Enfant
Jésus, occupe le centre d'une gloire d'anges
au sein de nuages sans fin. On lit dans la
marge, savoir : au haut : AVE DOMINA ANGELORVM,
au bas, à gauche : *P.-Paul Rubens inuent.*, et à
droite : *F.-L.-D. Ciartres excud. C. P. R.*

H. 0,324, dont 16 de marge. L. 0,210.

265 — L'Amour, agenouillé sur un nuage, où d'ailleurs
il s'accoude du bras gauche, paraît prêt à re-
prendre son vol en levant le bras droit. Morceau anonyme. H. 0,167. L. 0,063.— Plus, un
exemplaire de l'estampe de Nicolas de Son,
représentant le Couronnement d'Esther par
Assuérus, d'après notre maître.

VOUILLEMONT (Sébastien).

266 — La Sainte Famille, d'après Raphaël. La Vierge,
assise à droite, tient sur elle l'Enfant Jésus,
qui prend plaisir à lire les mots tracés sur la
banderolle de la croix du jeune saint Jean
debout à gauche. Saint Joseph, vu en partie
derrière saint Jean, semble rempli d'un saint
recueillement. Dans la marge, ornée au centre
des armoiries de la Dédicataire, ces quatre
vers en deux colonnes égales :

Quid rides cum Matre puer ? dum diceris Agnus
An placet hoc nomen, triste quod omen habet ?
Sunt Agni dura partes, quam postulat ara :
Victima ni fueris Christe ; nec Agnus eris.

Suivis de *Serenissima ac Primariœ Regij sanguinis Principi Annœ*
Mariœ Ludouicœ d'Orleans Hanc Matris ac Virginis Regiœ jmaginem

cum privil Regis Raphaël Pinxit. Seb. Vouillemont sculp. DD. CC. La Fage.

H. 0,391, dont 40 de marge. L. 0,260.

257 — Jésus-Christ portant sa croix. La tête ceinte de la couronne d'épines qui lui a fait des blessures, d'où coule le sang, Notre Seigneur, en demi-corps, marche péniblement à gauche. On lit dans la marge : PECCATA NOSTRA IPSE PERTVLIT IN CORPORE SVO SVPER LIGNVM. 1. Pet. 2. Herman Weyen *excu cum Privilegio Regis.*

H. 0,397, dont 19 de marge. L. 0,310.

258 — Jésus et deux de ses disciples à table dans le château d'Émaüs, d'après Raphaël. Notre Seigneur occupe le bout de la table au fond de l'estampe, et ses disciples chacun un des côtés. Un chien et un chat se voient au bas. On lit dans la marge, au milieu : EMÉNENT^{mo} PRINCIPE FRANCISCO BARBERINO S. R. E. — CARD. VICE CANCELLARIO.

Discipuli Christum agnôrunt in fragmine panis
Non elenim. Domino dicta, sed actu litant,

Puis à gauche : *Raph. Vrb. Inu. Ex Aulеis Vaticanus,* et à droite : *Seb. Vouillemont Gall' sculp. Roma 1642.*

H. 0,482, dont 20 de marge. L. 0,320.

259 — Sainte Famille, d'après l'Albane. Composition de cinq figures posées sur des nuages. La Sainte Vierge, assise au milieu du sujet, tient sur elle l'Enfant Jésus que sainte Catherine, agenouillée à gauche, adore. Saint Joseph, assis du côté opposé, contemple ce qui se passe, en posant ses mains sur le livre ouvert devant lui. Sainte Cécile, en avant de saint Joseph, appuyée sur un instrument de musique, montre de la main droite la Sainte Vierge et son divin Fils au spectateur qu'elle regarde. On lit dans la marge ce distique :

Sic Christus sinceri pignora præbet amoris
Certa, suis sponsis numera grata refert.

Et plus bas, à gauche : *Franciscus Albanus In,* et à droite : *Seb. Vouillemont sculp 1649.*

H. 0,290, dont 20 de marge. L. 0,208.

260 — Judith, d'après le Guide. Elle vient de trancher la tête d'Holopherne, dont le corps est étendu sur son lit dans sa tente. On la voit debout au milieu de l'estampe regardant le Ciel et rendant grâces au Seigneur. On lit au milieu du bas : *Cum pri Regis Chrismo,* et sur l'estrade du lit : *Guido Ren' In Seb. Vouillemont fec.*

H. 0,280, dont 10 de marge blanche. L. 0,185.

261 — Judith. Debout au milieu de l'estampe et dirigée à droite en regardant de face, en posant sa main droite sur sa hanche ; et tenant de l'autre son sabre. Elle semble descendre d'un palais, et la tête d'Holopherne est posée sur la dernière marche. Sans nom ni marque. Morceau douteux.

H. 0,254. L. 0,145.

Épreuve avec marge.

262 — Lucrèce, d'après le Guide Vue d'une chambre à coucher, où l'on remarque une table de toilette, sur laquelle est un écrin contenant des

bijoux. Préparée à mourir, Lucrèce, armée
d'un poignard, a posé un genou sur sa couche,
et s'apprête à se percer le cœur en levant la
tête à la droite du haut. Une petite tablette
jetée sur le parquet, à gauche, vers le bas,
contient le monogramme du peintre, formé
des initiales GR enlacées, au-dessous duquel
on lit : *Inu. Vouillemont.* Le millésime **1638**
se voit un peu plus bas que ces indications.
D'ailleurs, au milieu, vers le bas, on lit : *Cum
pri. Regis Christmo.*

H. 0,283, dont 14 de marge blanche. L. 0,185.
Épreuve privée de marge.

PORTRAITS.

263 — Ludovisi (le comte Nicolas).

Ce personnage est représenté en buste posé
sur un piédouche, vu de trois quarts, et regardant de face dans un médaillon entouré d'une
bordure de feuilles de laurier sur des trophées
d'armes, au haut d'une décoration d'architec-
ture en avant de laquelle sont au bas deux
socles portant, celui de gauche, la figure de la
Religion, et l'autre celle de saint Jérôme de
Narni. Au-dessous du portrait en buste du
comte Ludovisi est tendue une peau de lion
sur laquelle on lit : VITA ET GESTA | ARPHIERO-
NYMI NARNI | Capucini | Excell. Principi | D. NI-
COLAO LVDOVISIO | —*Auctore P. Marcellino* | *de
Pise Capucini.* Au-delà de la peau de lion, on
aperçoit la mer laissant voir une galère, et
d'autres embarcations. On lit au milieu du

bas de ce morceau : OVIMIVM DILECTE DEO QVI
MILITAT ÆTHER | ET CONIVRATI VENIVNT AD CLASSICA
VENTI. Et sur la base des socles : *Seb. l'ouil-
lemont sculp. Roma.*

H. 0,204. L. 0,143.

204 —† **Orrigoni** (Charles-Joseph), noble Milanais.
Buste vu de trois quarts, légèrement tourné à
gauche et regardant de face, tête nue, vêtu
d'un justaucorps et d'un manteau, le collet ra-
battant sur ses épaules. Il porte moustaches et
la royale. On lit dans la marge :

CAROLUS IOSEPH ORRIGONVS
PATRITIVS MEDIOLANENSIS.

Séb. Vouillemont sculp.

H. 0,156. L. 0,155.

Ces dimensions ont été prises sur une épreuve où les témoins
du cuivre étaient parfaitement marqués. Nous devons dire que
les inscriptions ci-dessus n'y ont peut-être pas été gravées. Deux
notes manuscrites en italien sont sur l'épreuve présentement mise
en vente. L'une à gauche, et en voici la traduction : *Que l'on
compare les deux présents portraits, et l'on sera conduit peu à
peu à reconnaître l'imposture du chanoine Crespi.* L'autre se lit
tout au bas de notre épreuve; voici sa traduction : *Du livre «Les
Gloires des Inconnus»*, ou les hommes illustres de l'Académie de
MM. les Inconnus de Venise. Venise, 1647, 4° à la p. 92.

205 — **Urbain VIII**, pape. Sa Sainteté en demi-corps,
et légèrement tournée à droite, regarde de
face en donnant la bénédiction. Dans une bordure ovale, dont les angles extérieurs sont
teintés et garnis chacun d'une abeille.

On lit dans une espèce de tablette au bas :

Quam simile VRBANO os ! age vince Promethea Pictor
Nam radios solis non rapis, ipse facis.

Guidus Vbaldus Abbatinus del. Seb. Vouillemont Gall scul. Romæ,
1642.

H. 0,211. L. 0,141.

266 — La Diseuse de bonne aventure. Composition en demi-figures, dans laquelle une bohémienne dit la bonne aventure à un jeune seigneur de la cour de Louis XIII qui lui tend la main gauche, dans laquelle on remarque une pièce de monnaie laissant voir la croix. Dans la marge, douze vers en trois colonnes égales, suivis à gauche de ces mots : *Séb. Vouillemont*, et peu après de ceux-ci : *A Paris, chez F. L. D. Ciartres, rue St-Jacques, aux Colonnes d'Hercule, auec priuilege du Roy.*

H. 0,312, dont 43 de marge. L. 0,236.

267 — La Marchande de pâtés. Composition en demi-figures dans laquelle une jeune fille porte des pâtés sur un plateau, dont deux hommes mangent. Dans la marge, douze vers en trois colonnes égales, suivis de ces mots : *A Paris, chez Melchior Tauernier, en l'isle du Palais sur le quay qui regarde la Megiserie, auec priuilege du Roy.*

H. 0,310, dont 43 de marge. L. 0,237.

268 — Les deux Gueux. Un vielleur assis à droite et adossé à une colline, joue de son instrument, et un joueur de cymbales, qu'on aperçoit dans son sac, joue en ce moment du triangle et accompagne son camarade. Dans la marge, huit vers en deux colonnes égales au-dessous des deux tiers de la pièce, et tout au bas en une seule ligne : *A Paris, chez Melchor Tauernier,*

graueur et imprimeur du roy pour les tailles-douces, demeurant en l'isle du Palais, sur le quay qui regarde la Megisserie, à l'Asphere auec priuilège du Roy.

H. 0,300, dont 27 de marge. L. 0,221.

VUIBERT (Remi).

269 — Le Sacrifice d'Iphigénie (R. D. 25); 2ᵉ état. — Le Martyre de saint André (26); 2ᵉ état.

DESSINS DE DIFFÉRENTS MAITRES

ANCIENS ET MODERNES.

INCONNU.

270 — Figure en pied dirigée à droite, traitée d'une plume pleine de goût. Elle n'a été ni ombrée, ni coloriée, et le bas a été restauré.

AUTRE INCONNU.

271 — Dessin à la plume et rehaussé de blanc sur un fond jaune. C'est la copie de la Sibylle de Raphaël, décrite par Bartsch, t. XII, section 6, 2ᵉ copie.

SÉBASTIEN BOURDON.

272 — Repos dans la fuite en Egypte. La Vierge, assise de face, tient dans ses bras l'Enfant Jésus assis sur elle, et qui l'embrasse en lui rendant caresses pour caresses. Saint Joseph est vu en partie à droite. Composition dans un rond sur papier jaune, lavée de bistre et rehaussée de blanc au pinceau. *Charmante pièce.*

LE BARON CACHIN,

Ingénieur en chef du port de Cherbourg.

273 — Deux plans fixés sur un carton en largeur, parfaitement lavés et coloriés, du port de Cherbourg et de ses environs. L'un à droite est intitulé : *Port militaire, projet approuvé*, et l'autre, à l'opposite, est intitulé : *Port militaire, perfectionnement proposé.*

GREUZE (Jean-Baptiste).

274 — Deux dessins à la plume, lavés d'encre de Chine et rehaussés de blanc au pinceau, de deux enfants couchés dans leurs lits et sommeillant, les bras sortis de la couverture. Ces deux dessins sont fixés au-dessus l'un de l'autre sur un carton.

ROBERT (Hubert).

275 — Dessin à la plume et d'une façon croquée, d'une église en rotonde au-delà d'un obélisque, au revers d'une eau-forte de ce maître fecond.

ROSSO DE' ROSSI.

276 — *La Vierge de Pitié.* Assise en avant de la croix, entre saint Jean et la Madeleine, elle tient au devant d'elle le corps nu et inanimé du Sauveur, sujet de la douleur des trois personnages qui l'entourent. Composition de quatre figures et en hauteur, dessinée à la plume et lavée d'encre de Chine.

LE MÊME PEINTRE.

277 — La Boîte de Pandore, composition en largeur de dix figures, dessinée à la plume et lavée d'encre de Chine.

PUBLICATIONS DIVERSES DE LIBRAIRIE.

278 — 1° Notice sur Girard Audran, par M. Denon, in-fol., enrichie d'estampes diverses.

    2° Trésor de numismatique et de Glyptique, avec les spécimens 1 et 2.

    3° Le premier plan de Paris, connu sous le nom de Plan de Tapisserie, avec une notice explicative, in-4° de 11 p.

RENOU et MAULDE, imprimeurs de la Compagnie des Commissaires-Priseurs, rue de Rivoli, 144.   13187

215   Dundy   [illegible]   20
216   "   [illegible]   3
218   "   [illegible]   2 5
220   "   [illegible]   2 5
225   "   [illegible]   1 50
227   "   [illegible]   2
228   [illegible]   [illegible]   2
232   [illegible]   29
234   [illegible]   2
239   [illegible]   2 "
252   [illegible]   2
257   [illegible]   2
252   [illegible]   2
253   [illegible]   2 "
254   [illegible]   7 "
255   [illegible]   2
265   [illegible]   13
267   [illegible]   1
273   [illegible]   11
277   [illegible]   4
278   [illegible]   5 5
279   [illegible]